LES JO

Kalindi Ramphul est autric
supérieure de journalisme de
magazines et sites culturels, e
et madmoizelle.com. *Les Jours mauves* est son premier roman.

KALINDI RAMPHUL

Les Jours mauves

ROMAN

JC LATTÈS

© Éditions Jean-Claude Lattès, 2024.
ISBN : 978-2-253-25190-3 – 1re publication LGF

À mon père,
qui n'en aurait strictement rien eu à faire.

J'ai tapé « citation sur la figure du père » dans Google et celle-ci m'a plu : « On connaît la valeur du sel quand il n'y en a plus, et celle d'un père après sa mort. »

Sinon, j'aime bien cette citation de Baudelaire : « Un homme qui ne boit que de l'eau a un secret à cacher à ses semblables », mais ça n'a rien à voir avec ce roman.

Prologue

Les jours mauves sont mes préférés. Ils n'existent à ma connaissance que sur l'île de mon père, où la coriandre et la canne à sucre parfument la peau des hommes qui noient leur misère dans la bière et la friture à la tombée du soir. Chaque été, après douze heures de vol en classe économique sur Air Mauritius, je les guette de la Pointe d'Esny, dans le sud-est de l'île, abritée par une vieille paillote qui sent les gâteaux piment. Quand la lune arrive tard et que l'horizon vire du bleu au mauve chéri, je fonds dans l'océan Indien. Chaque année pendant notre été créole et votre hiver français, je crawle comme mon père me l'a appris jusqu'à la barrière de corail, et quand les bouées jaunes qui rassurent les nageurs du dimanche ne ressemblent plus qu'à des émojis sans expression, c'est qu'il est temps d'ôter mes lunettes. Ce qui m'attend à quelques brasses est encore plus effroyable quand il est simplement suggéré. Là, je projette mon corps dans la gorge ouverte du monde, et j'écoute l'océan déployer ses silences.

Quelques poissons-clowns et chirurgiens chaloupent entre mes cuisses puis, sous une impulsion méconnue, se dispersent en ondes vives. Les jours mauves sont les seuls à rendre hommage à leur allure. C'est ici, au beau milieu du lagon, qu'on éprouve le mieux les grandes solitudes. La faune, bien renseignée sur les dangers alentour, est aux aguets, car c'est la nuit venue que se déchaînent les passions animales. La langue bleue et chaude lave mes vanités. Mes dernières réserves d'air forment des bulles qui relient le monde d'argent à l'azur fragile. Je gobe de l'air par morceaux presque solides et allonge ma carcasse à la surface. À la merci des colères sous-marines, mon corps se tend, soumis au plaisir d'être plus vulnérable que nulle part ailleurs. J'insère ma main droite dans ma culotte de maillot de bain, presse lentement ma paume contre ma vessie, puis vers des chairs plus basses. Mes reins s'enflamment. Chaque été, je fais couler ma peur dans l'océan Indien.

Les jours mauves sont mes préférés. Pour leur érotisme dangereux, leur éprouvante rareté. Je peux jurer qu'il n'y en a jamais eu qu'un à Paris. Le 6 décembre 2022, à 7 h 30 du matin, tandis que l'index et le majeur d'un parfait étranger rencontré sur Tinder allaient et venaient dans mon vagin. Alors que j'étais à l'aube d'une jouissance molle, des faisceaux inédits dans la capitale embrasèrent ma chambre et je sus qu'une émotion nouvelle allait naître de ce moment banal. À 7 h 31, alors qu'Andréa travaillait toujours à mon plaisir, je reçus un texto de ma mère : « Ton père est mort. » Voilà, c'était dit. Sans cérémonie. Sans possible quiproquo. Le chemin vers mon île avait subitement été balayé, les soleils mauves avalés par le Sacré-Cœur. Mon père était mort. Je n'ai rien dit, j'ai laissé Andréa me mener à l'orgasme. Ironique quand on sait que mon père serait mort huit fois plutôt que de savoir sa fille sexuellement active. Que voulez-vous, on ne nous a jamais appris, à nous les athées, à honorer les morts.

1

On n'a pas idée d'incinérer les gens un mercredi. Le mercredi, c'est un jour anodin, un jour au centre qui ne raconte rien. C'est pourtant ce jour-là qu'on nous invita à incinérer l'homme le plus singulier du monde à Puteaux, cette ville elle-même si ordinairement bourgeoise. Ceux qui ne l'habitent pas se souviennent à peine qu'elle existe, enclavée entre Neuilly et Nanterre, comme un rappel de son incapacité à choisir entre ennui capitaliste et agitation populaire. La cérémonie était prévue à 10 heures, mais toute la ville s'était donné rendez-vous à 8 h 45 devant le crématorium. Deux cent quatre-vingt-quatre personnes (dont seulement quarante-deux avaient été conviées) étaient aimablement venues se ranger en file indienne pour rendre un dernier hommage à mon père, Suraj Ramgulam, dont nul Français n'a jamais su si son prénom se prononçait « Suraj » ou « Souraj ». Le corps recouvert de fines feuilles d'or, Suraj reposait. L'arête de son nez, une route de montagne corse d'après ses dires, réfléchissait la lumière braillarde du sous-sol funéraire. J'avais beau sonder le peu de neurones actifs qu'il me restait après ces derniers mois : nada, pas le début d'une inflexion mélancolique, pas le moindre vague à l'âme.

Conformément à la tradition hindouiste, tout le monde avait retiré ses chaussures, et se mêlaient alors au parfum d'œillets des odeurs de pieds. Conformément à ma tradition personnelle, je restais de marbre et chaussée, contemplant la dépouille de mon père en silence. Qu'y avait-il d'autre à faire ? J'osai un regard vers ma mère, Huguette de son prénom, qui me sembla n'avoir jamais été plus apaisée. Sa blondeur factice se reflétait sur les paupières dorées de mon père, et ses mains vernies de rouge sang, très à propos, polissaient le crâne rendu chauve par la chimiothérapie.

On avait eu sept mois. Sept mois pour appréhender cet instant précis. Entre les premières douleurs à l'abdomen et les soins palliatifs, il ne s'était pas écoulé assez de temps pour imaginer l'après. Toujours est-il que ce jour-là, et en dépit de l'enfer de ces derniers temps, il n'était pas question de répandre mes tristesses aux quatre vents. Le désespoir, m'avait appris mon père, ça se vit dans l'intimité d'une chambre, d'une nuit océanique, ou ça ne se vit pas. Quand les croque-morts soulevèrent le cercueil, Jackson, Beverlance, Jean-Louis et Rajgul, qui formaient avec mon père un quintet de muscles – et de prénoms – peu commun, insistèrent pour l'accompagner eux-mêmes jusqu'au four, et devant leur amitié mouillée de sel, je regrettai vivement ma propre solitude. Je n'avais convié mes amis qu'à la cérémonie mortuaire de 11 heures, moins pour me faire dorloter que pour les éblouir des rites du pays de mon père – tous ces hommes et ces femmes en tunique blanche qui jetaient des capucines et des suzannes aux yeux noirs sur le tombeau en bois lustré, ça claquait, il n'y avait pas à dire. Lorsqu'en éclaireuse j'escortai la foule comme il convient de faire quand on est de la famille du défunt, je fus soulagée d'apercevoir enfin ma bande à moi de l'autre côté de la vitre fumée.

À ma vue, ils firent une mine obséquieuse. Comme si la mort imposait le sérieux. Heureusement pour mon malaise, une Fiat Punto se gara derrière la voiture d'un pique-assiette, m'offrant une diversion bienvenue. Sous les yeux médusés de l'assistance, une France en liquette fuchsia émergea de la voiture et me hurla depuis le parking :

— Putain, la gosse, tu fais chier, c'est mon fute blanc que je vois sur ton cul. J'ai passé trois plombes à le chercher.

Un peu de naturel charretier dans tout ce cérémonial assainissait l'ambiance.

— Désolée, ma vieille mère, j'ai trouvé ça sur mon lit avant de partir, j'ai cru que c'était pour moi, j'avais rien de blanc à me mettre.

— C'est bien parce que ton père a clamsé que je dis rien, parce que j'ai l'air d'une sacrée conne en rose poufiasse pour une cérémonie en blanc !

Si je l'appelais « ma vieille mère », ce n'était pas par moquerie, mais bien parce qu'elle n'avait jamais été que cela pour moi. Stérile en raison d'une endométriose diagnostiquée trop tard, France s'était traîné des années durant un grand appétit de maternité. Alors à notre rencontre huit ans plus tôt, elle avait projeté sur moi ses désirs parentaux avec mon consentement immédiat – séduite par son charisme autoritaire, j'avais surtout compris que bénéficier d'une mère adoptive me permettrait d'aller deux fois plus souvent au resto aux frais de la princesse.

— Allez, viens m'embrasser, la gosse.

Grande gigue dont la poitrine semblait avoisiner le bonnet A−, France arborait été comme hiver une frange à la longueur inchangée – à croire qu'elle se la faisait retailler tous les matins entre sa douche et son premier mail. Son manteau en cachemire anthracite s'arrêtait juste au-dessus de ses petits pieds, chaussés, en dépit des consignes en vigueur, de baskets Vuitton. Sa voix de stentor et son regard hostile la rendaient au premier abord particulièrement antipathique. Pourtant, il ne lui fallait jamais que quelques mots provocateurs et un rire de trompette pour séduire une assemblée.

La veille de la cérémonie, France avait dormi chez moi, écoutant docilement les récits moites de mon été mauricien, ensauvagés par l'imminence de l'incinération. Fidèle à son humeur des bons jours, elle avait été une oreille attentive et, chose rare parmi les membres de l'espèce humaine, n'avait jamais comparé mes malheurs aux siens. Cette soirée-là avait été la mienne. Elle m'était due, et France le savait.

Ce 17 décembre 2022 s'ajouta à ma fausse mère tout en rose poufiasse un éventail de visages aimés, Lison en tête. Cette Bretonne pur beurre, dont aucun rhume ni aucune gastro n'avait jamais pu gagner le mètre cinquante-quatre, est entrée dans ma vie à l'époque où j'étais la plus petite chose qui puisse exister, un être humain insignifiant, ratatiné par la timidité et confit dans l'inconfort. Mais aux côtés de Lison, qui jouait au foot avec les garçons et donnait des coups de pied à ceux dont la bouche était pleine de saletés, j'ai appris à allonger ma colonne vertébrale et à relever mon menton. J'étais si souvent collée dans son giron qu'Ignace, son petit-cousin, était persuadé que j'étais sa tante. Du reste, ce n'était pas loin d'être vrai – le père de Lison, un formidable conteur en veste de velours côtelé systématiquement tachée de sauce tomate, m'avait spirituellement adoptée. Cela avait été entériné un soir, l'été de mes dix ans, dans leur maison des Côtes-d'Armor. Il m'avait pour la première fois appelée « ma troisième fille ». J'avais l'impression d'être l'élue, d'avoir été choisie par la meilleure des familles, et le meilleur des pères. Le mien n'avait jamais vraiment pris plaisir à écouter mes histoires, peu importait leur nature, et s'intéressait davantage à ses performances à vélo qu'à mes récits de petite fille. Avec le père de Lison, tout était aventures, joies et bizarreries. Je n'interrogeais pas ses lubies : je les acceptais comme des cadeaux, ceux que mon père ne me faisait pas.

Une nuit, en vacances chez Lison, j'avais trouvé son père, à 2 heures du matin, allongé sur le parquet du salon, regardant *Les Quatre Fantastiques* pour la huitième fois depuis le début de l'année civile, une casquette vissée sur son crâne d'obus.

— Pourquoi tu portes une casquette à cette heure-ci ?

— C'est ma casquette anti-mouches, m'avait-il répondu en levant les yeux au ciel, comme si ma question n'appelait que cette réponse évidente.

Pas de doute, j'avais le meilleur des pères adoptifs. Mon vrai père à moi n'aurait jamais pensé à porter une casquette anti-mouches.

Quelqu'un me secoua. La procession avait déjà deux trottoirs d'avance sur moi. Je clignai des yeux, tentai de recouvrer un semblant de présence active. Il y avait un monde fou. Lison, France, Dris, et puis Séraphin, Beverlance, Jackson, Ludovic, ma mère et tous les autres. Mais ce serait une entreprise trop longue que de tous vous les décrire, dans ce qui n'est pour l'instant qu'un préambule au désastre.

2

Désastre, c'est un joli synonyme de Xanax. De vin. De bière. Et de champagne. Tout ce que mes camarades et moi avons englouti après la cérémonie mortuaire.

Il était presque minuit. Ma mère était montée sur l'estrade pour dire quelques mots comme elle aurait présidé les Oscars, enrubannée dans une robe dramatique qui caressait le sol, avalant les feuilles mortes sur son passage. Comme toute star digne de ce nom, ma mère savait trouver le parfait équilibre entre cynisme et légèreté, et s'était, bien sûr, appliquée à entrecouper son récit de multiples anecdotes caustiques les mains sur le cœur – en dépit de mes multiples efforts pour être ma propre personne, je vivrai toujours dans l'ombre de cette femme, tragédienne née qui fait du monde entier la scène de son théâtre privé. Après son discours, qui avait fait pleurer l'auditoire à en réhydrater une plante de pied de nonagénaire, Ludovic, Jackson, Jean-Louis, Marie-Laure et quelques autres, les grands amis de mon père, étaient à leur tour montés sur scène pour lui témoigner de leur amour avec une maladresse émouvante – elle ne l'admettra jamais, mais je suis persuadée que même ce jour-là, aux funérailles de son défunt époux, ma mère a pris un plaisir infernal à supplanter tout le monde. Ludovic, le grand Ludovic, le glorieux Ludovic, ami légendaire de mon père, avait traîné sa gêne de vivre devant l'assemblée au prix d'un effort surhumain, puis glissé un CD de Yannick Noah dans le mange-disque de la salle des fêtes, et les enceintes avaient joué « Les Lionnes ». J'avais beau savoir qu'il s'agissait de la chanson française préférée de mon père, je n'avais pas pu m'empêcher de trouver ça saugrenu, Yannick Noah à une crémation. Indifférents à toute problématique de bienséance, les musclés s'étaient pris par la main, entonnant la mélodie comme on entame une prière. Qui étais-je pour moquer leur piété ? J'avais, de mon côté, rejoint mes amis au bar dans un seul et unique but : boire comme je n'avais jamais bu. Tout de même, la mort d'un père, ça n'arrive qu'une fois dans la vie. Trente minutes à peine suffirent pour que mon assemblée et moi soyons fin saoules au champagne rosé, ce qui aurait fait rouler les yeux effarés à mon père. Boire, oui, une « boisson de gonzesse », faut pas déconner. Mais soyons honnêtes, mon père, tu savais combien la tristesse donne le même goût à tous les poisons.

C'est à cet instant, entre deux gorgées promettant la gueule de bois la plus impitoyable de ma vie, que je l'aperçus pour la première fois. Un homme dont je n'avais jamais entendu parler, ni de la bouche de mon père ni d'une autre. Il était seul dans un coin de la pièce, le dos voûté, les mains agrippées à un gobelet en plastique. Quand il releva la tête dans ma direction, se sentant épié, je devins statue de sel. Sous un chapeau de feutre, l'inconnu cachait un visage fondu, l'œil coulant vers son nez, son nez coulant vers ses lèvres, ses lèvres coulant dans son cou, cascade de chair rosée roulant sur mes attentes normées de ce à quoi un visage devait ressembler. L'homme portait la marque des grands brûlés et, si mesquin que cela puisse paraître, son aura crépusculaire me fit froid dans le dos. Jackson entama alors la conversation avec lui, et masqua de son corps épais de maître de taekwondo cet homme obèse dont le chapeau recouvrait tout le feu du monde.

— Qui c'est, lui ? demandai-je à Ludovic, qui passait par là.

— Qui ça ? Ah oui, lui... Florent, je crois ? Ah non, Laurent. Je t'avoue que je ne l'avais jamais vu, c'est Jackson qui me l'a présenté tout à l'heure. Il est pas super doué en contact visuel, mais il a pas l'air méchant.

Sans que j'aie le temps d'approfondir mon enquête, une vague de nausée me faucha en plein vol et me fit prendre congé de Ludovic. Je me réfugiai dans un coin tranquille du banquet, près du département crudités qui n'attire jamais les foules. Hélas, j'y fus débusquée par Beverlance, que je considérais comme le spécimen humain le plus imblairable de tous les temps. Non content de se rouler dans l'appropriation culturelle en donnant des cours de yoga du haut de son mètre quatre-vingt-deux de maigreur laiteuse, Beverlance s'était affublé d'un sobriquet qui n'existe même pas, ni en France ni en Inde, où il racontait être né – j'ai enquêté, c'est faux.

— Dis, Indira, ton père, il avait pas une dernière volonté ?

— Euh…

— Non parce qu'on en parlait avec France, et on se disait que ce serait bien son genre de faire chier le monde une dernière fois en nous demandant de le brûler avec du feu bio ou de lui fabriquer une urne en forme de vélo, tu vois. On a demandé à Jackson mais il savait pas.

Via un battement de paupières méprisant, je signifiai à Beverlance que sa question m'emmerdait.

— Ben dis donc, t'as l'air d'être dans un sacré trou noir…

— Oh bon sang…, crachotai-je.

Maintenant, ça me revenait. Le trou noir. L'espace. L'avant-dernier jour, quand il avait enfin compris qu'il était condamné, il avait susurré, en pleine montée de morphine : « Ma fille, quand je serai mort, envoie-moi en orbite sur Mars. »

— Je crois que papa voulait qu'on envoie ses cendres sur Mars, hoquetai-je au visage de Beverlance.

Les ivrognes agglutinés autour de moi firent alors circuler l'information, jusqu'à ce que l'histoire remonte aux oreilles d'un certain Jean-Louis, qui nous offrit, contre toute attente, la réponse à cette énigme cosmique.

— Attends, mais Mars c'est l'nom du PMU en haut de Superbagnères où qu'on s'arsouille avec ton père quand on a fini de grimper ! Ton père, c'est là qu'y voulait être jeté, c'est sûr. Penses-tu, y savait même pas qui c'est Thomas Pesquet, qu'est-ce qu'y serait allé foutre tout seul dans l'espace ?!

L'alcool était-il le seul responsable de cette initiative ? Probablement. Il n'en demeure pas moins que je fus enchantée d'accueillir cette information, et conclus que nous n'avions plus d'autre choix que de respecter la dernière volonté de mon père. Alors je fis tinter ma bouteille de champagne rosé avec un couteau à fromage et réclamai l'attention de la foule.

— Qui veut m'accompagner balancer papa sur Mars ?

3

Il y a quelques années, Andros lançait un nouveau produit qui allait révolutionner ma conception
de l'humanité : les liégeois de fruits. Après en avoir
mangé avec d'autres membres de mon espèce, amis
et famille réunis, je compris que le genre humain
ne pouvait se diviser qu'en deux catégories : ceux
qui touillaient le liégeois en une bouillasse irrespec-
tueuse, et ceux qui honoraient comme il se doit les
strates de fruits et de chantilly. Mon père faisait partie de la première catégorie. Moi, de la seconde. Il est
donc clair que nous ne pouvions pas nous entendre.

Dieu sait comme nous avons longtemps subi, papa
et moi, la malédiction du monde scindé en deux par
les liégeois de fruits, dont l'application valait dans
tous les domaines. Mon père aimait monter des cols
à vélo, j'aimais les descendre à pied ; il n'aimait pas
le cinéma, j'y passais ma vie et rêvais d'en faire mon
métier ; il avait du mal avec les femmes, j'en étais une.
Pourtant il y eut de bons moments, quand l'une ou
l'autre partie faisait un effort pour touiller son liégeois
ou au contraire en savourer les différentes strates ; il y
eut la fois où je montai le col des Ares en danseuse et
celle où il accepta d'aller voir *The Revenant*.

C'est sans doute pour cela que le succès populaire de cette incinération reste une énigme pour moi. À ce que je sache, mon père n'était pas David Bowie. Je serais incapable de nommer les qualités détenues par cet homme qui auraient pu expliquer un tel déferlement d'individus à Puteaux en plein mois de décembre. Deux cent quatre-vingt-quatre personnes, c'est beaucoup. Combien d'hommes et de femmes viendraient-ils à mes funérailles si je finissais prématurément entre quatre planches ? Une trentaine ? Peut-être moins, si je prends en compte le fait que la semaine dernière, j'ai viré au moins trois de mes amis au motif qu'ils avaient arrêté de boire et de fumer – déjà que mon père avait mené une vie saine, il n'était pas question que mes amis encourent le même risque.

De toute évidence, il est des mystères voués à n'être jamais résolus. Deux cent quatre-vingt-quatre personnes sont venues voir mon père brûler. Parmi ces deux cent quatre-vingt-quatre personnes, au moins soixante ont répondu : « Moi ! » à ma question alcoolisée. Et sur ces soixante, beaucoup trop ont tenu leur promesse.

4

Plus j'avance dans la vie, plus je constate combien l'être humain est fondamentalement incapable de ressembler à autre chose qu'à un gueux avant 7 heures du matin – constat renforcé par l'étude des passagers de l'autocar dans lequel je viens de prendre place en ce dégoulinant matin de juillet.

Plusieurs indices auraient dû me permettre de comprendre que ce projet n'était ni souhaitable, ni avisé. Un trajet en autocar La Défense – Montauban-de-Luchon, déjà, sur le papier, c'est éreintant. Mais quand on sait que ce voyage a été entrepris par une version ivre de ma personne, le périple prend carrément des allures de convoi pour l'Apocalypse. Tirons donc les conclusions d'une année d'initiatives franchement moyennes, dont cette expédition fait office de lauréate : j'ai merdé.

Quoique, à bien y penser, je ne sois pas l'unique responsable de ce désastre annoncé. Ma seule erreur est d'en être à l'origine ; ce qui a suivi, je n'y suis pour rien. C'était au reste de mes camarades de voyage qu'incombait de décliner mon invitation, et tous les malheurs qui s'apprêtent à nous tomber dessus relèvent bien plus de leur laxisme que de ma volonté.

Assise rangée 2, je me dévisse le cou pour admirer le glorieux Ludovic, à qui je ferais volontiers les yeux doux en dépit de nos dix-huit années d'écart et de sa ressemblance problématique avec Olivier de Kersauson. Et puis, espérant à peu près me distraire de mes amours imaginaires, je fais l'inventaire du reste de mes passagers.

Ici cohabitent à l'étouffée une paire de trentenaires scotchés sur Instagram, quelques sportifs encore fringants malgré leurs soixante berges, ma mère, dont la description en une phrase et si tôt dans le récit ne suffirait pas à traduire l'épuisante singularité, un lézard à lunettes monté sur des chaussures à bascule, un homme obèse au visage fondu, et bien sûr – tout bon voyage vers l'enfer ne saurait se passer de lui – un yogi blanc en sarouel insupportablement pro-noïaque. Mais si le moyen, à savoir un voyage en car jaune poussin, est à déplorer, l'intention première de toute cette mascarade reste à louer. Il n'y a rien de plus louable en effet, et personne ne me donnera tort là-dessus, que de rendre hommage à nos morts.

Simone, qui conduit, n'est sortie des bouchons que depuis trente minutes, et déjà ma mère brandit un thermos, quelques coupes en plastique, et lance à son régiment d'hommes musclés et d'intellos bizarres – mes amis, donc :

— Qui veut du champagne ?

Elle vacille de rangée en rangée. Tout le monde accepte avec plaisir la coupe tendue, à l'exception de France, qui éructe un « beurk » sec et définitif.

Sa tâche accomplie, ma génitrice se rassoit à côté de Marie-Laure, qui, à soixante ans, en paraît trente-huit dans ses *yoga pants* chamarrés.

À peine installée, ma mère tortille ses fesses impeccablement musclées grâce à ses séances quotidiennes de mini-trampoline et se dit incommodée par le revêtement du car « qui sert sans doute de terrain de jeu à une foultitude d'acariens et à diverses IST ». Elle annonce enfin :

— Bon sang, j'ai la route en horreur. J'aurais mille fois préféré venir en avion.

— Tu aurais dû, on t'aurait récupérée à Toulouse, répond Marie-Laure.

— Ma fille aurait fait une syncope si je n'avais pas participé à son voyage. Tu sais comme elle est bornée et capricieuse, elle a tout pris de son père.

Derrière les deux blondes au brushing parfait qui, de dos, pourraient passer pour des sœurs, je donne une tape à ma mère.

— Surtout, maman, n'hésite pas à parler encore plus fort quand tu critiques quelqu'un qui est assis derrière toi.

— Pardon, mon vieux machin, mais je n'apprends rien à personne quand je dis que tu as un caractère de dogue allemand. De toute façon, j'ai su dès ta naissance que tu me sucerais toute mon énergie vitale.

Ma filleule est exactement pareille. Les Balance sont des emmerdeuses, c'est écrit dans les astres.

— Je ne savais pas que tu étais branchée astrologie ! pépie Marie-Laure. Tu sais que j'ai tiré les cartes à Suraj, il y a quelques années ?

— Tu ne confonds pas avec un autre Mauricien ? Mon mari n'a jamais aimé l'ésotérisme. Il disait toujours à ma mère, quand elle allait consulter sa voyante : « Quelle bande de charlatanes, ces diseuses de bonne aventure ! Vous n'en avez pas marre de jeter votre argent par les fenêtres ? »

— Eh bien écoute, lui rétorque Marie-Laure, vu la situation dans laquelle ça s'est fait, j'imagine qu'il n'avait pas le choix que de revoir ses a priori.

Ma mère, dont les bouffées de chaleur handicapent sévèrement le quotidien depuis cinq ans, s'évente avec *Belle du Seigneur*. Les yeux braqués sur ceux de Marie-Laure, en un regard qui trahit sa légère ébriété, elle s'enquiert :

— Qu'est-ce que tu veux dire ?

Celle-ci avale sa salive bruyamment. La gêne engloutit la rangée.

J'allais avoir dix-neuf ans quand j'ai connu Marie-Laure. Mes parents venaient de se séparer. L'histoire classique : maman a rencontré quelqu'un, papa l'a appris et a jeté par la fenêtre ses chemises de nuit en un geste désespéré, avant d'élire domicile dans sa vieille Nissan Primera. Moi, je dormais ailleurs cette nuit-là. Quand je suis rentrée, quelque chose avait changé mais, avant que je n'aie eu le temps de sonder la source du malaise, ma mère a surgi dans ma chambre, parée non plus de son carré brushé habituel mais de son seul air fou.

— Ton père est parti, m'a-t-elle annoncé sans la moindre émotion, drapée dans un kimono en soie mauve, avant de disparaître pour le reste de la journée.

Bien sûr, papa n'est pas revenu. Même s'il en mourait d'envie, ç'aurait été une faille de son impérissable sens de l'honneur. Il n'a plus jamais répondu à un seul message de ma mère non plus. Vingt-deux ans d'amour tombés à l'eau. C'est tout. Mon père a vécu pendant des mois dans sa Nissan chérie. La première femme de sa vie. Foutue bagnole dont on ne pouvait jamais claquer les portières sans se faire engueuler :

— Elle est fragile cette voiture, putain !

— Elle est merdique surtout !

Après la rupture, la fragilité des portières de la Nissan a cessé d'être un problème. Quand ma mère a avoué sa liaison avec un autre homme, une brèche s'est ouverte dans la poitrine de mon père. Et on aura beau dire ce qu'on veut, brandir le cancer comme excuse, je sais que c'est de cette brèche qu'il est mort.

Il faut dire que depuis sa jeunesse, mon père était triste. Enfant du milieu parmi huit frères et sœurs, il avait eu du mal à faire son trou, ignorant parfaitement qu'il était le préféré de sa mère, sans doute parce qu'il était le plus chétif et le moins fanfaron.

C'est au moment où il était le plus déprimé que mon père m'a présenté Marie-Laure, une « relation de travail », disait-il. Contrairement à la description qu'il m'en avait faite, Marie-Laure n'était pas l'une de ces vieilles bourgeoises putéoliennes qui traînent leur col monté d'un bout à l'autre de la ville. Marie-Laure est même l'exact opposé. Une vraie MILF, d'après les regards que les hommes posent sur son postérieur de trentenaire. Si l'on oublie que trois de ses quatre filles sont témoins de Jéhovah, Marie-Laure est une femme exquise. Fort heureusement, sa benjamine, une adolescente de quinze ans, n'est, à l'inverse de ses aînées, que tolérance, altruisme et joie de vivre. Blanche, de son prénom, n'en veut jamais à personne, pas même à ceux qui l'épient ou lui adressent quelques sourires complaisants après avoir compris qu'elle est atteinte de trisomie. Blanche se contente d'exister selon sa propre morale, qui exclut toute forme de jugement à l'emporte-pièce. Elle nous accompagne d'ailleurs, assise quelques rangées plus loin, à feuilleter un magazine jeunesse. Je lui souhaite de ne pas finir comme ses sœurs aînées, entourée d'illuminés en polaires Quechua.

Quand ma mère interroge Marie-Laure sur cette affaire de cartes, je tends l'oreille.

— Un soir, j'étais chez moi en train de coudre quand Suraj est rentré à la maison.

— Comment ça, il est « rentré à la maison » ? Tu l'as hébergé ?

Marie-Laure triture un pan de sa tunique.

— Oui, il a vécu chez moi quelque temps après votre séparation. Il ne te l'a pas dit ?

— Mais enfin, comment veux-tu qu'il me l'ait dit puisqu'il ne m'a adressé aucun mot entre le jour de son départ et son entrée en soins palliatifs ?

Ma mère fait volte-face dans ma direction, l'œil torve. J'adopte la posture défensive de rigueur :

— Me regarde pas comme ça, maman, j'en savais rien non plus. Papa m'a soutenu mordicus qu'après son départ il avait dormi dans sa Nissan et dans le sous-sol de Richard. Tu sais comme il aimait jouer les victimes.

Ma mère, plus curieuse qu'en colère, invite sa voisine à lui raconter la suite.

— Donc pendant quatre mois…

— Quatre mois ? Ah le con, il nous a bien eues avec ses histoires de cave et de bagnole !

— Donc pendant quatre mois il allait et venait à la maison avec son double des clés. Je ne le voyais pas souvent, il était tout le temps fourré au mont Valérien ou à Longchamp à faire du vélo. Il avait vraiment sale allure, votre séparation l'avait beaucoup affecté. Et puis un soir, il est rentré très tard d'une session. Sa tenue fuchsia qu'il aimait tant était dégueulasse. Il avait la mine chiffonnée, enfin, plus que d'habitude je veux dire. Et il s'est assis sur le canapé sans même enlever son casque de vélo. Il a pris sa tête entre ses mains et il est resté planté là, sans bouger ni parler.

Ma mère acquiesce d'un petit signe du menton, comme si elle avait peur, par un geste trop exubérant, de déconcentrer Marie-Laure. Moi, je cale ma tête entre les deux. La moquette m'irrite les joues. Tant pis.

— Il tremblait comme une feuille alors que je venais d'allumer un feu. Et après un bon moment, il a lâché : « Cette semaine, j'ai fait toutes les nuits le même cauchemar. Le même que quand j'étais petit. » Ensuite, il a bredouillé un truc impossible à comprendre. Du créole peut-être. Je l'ai rassuré. Je lui ai dit que ça valait pas la peine de se mettre dans cet état pour un rêve, mais il a continué sans faire attention à moi : « J'étais dans notre chambre à Port-Louis, où on dormait quand on était gosses, mais il n'y avait aucun de mes frères dans les autres lits. La pièce était presque vide et elle était peinte en rouge. J'étais sur un matelas au fond, face à la porte, et je savais que quelque chose était sur le point de se produire. D'un coup, une ombre est entrée par la serrure. Elle

38

s'est diffusée dans la pièce comme la fumée d'un bâton d'encens avant de se transformer en une grosse femme, une très grosse femme aux yeux bridés qui souriait d'une énorme bouche sans dents. Elle s'est approchée de moi. J'ai eu peur qu'elle veuille me chatouiller. Elle a avancé sa main, attrapé un pan de mon t-shirt, qui était devenu un bandage entourant mon ventre, et elle a tiré dessus. J'ai tourné sur moi-même, comme si elle m'enlevait ce bandage, sauf que le tissu était devenu ma chair et que mes flancs, mes hanches et mon nombril s'arrachaient de mon corps. La grosse dame a ri et a fourré les lambeaux de ma peau dans ses grandes poches avant de disparaître comme elle était venue : par la serrure. »

Ma mère et moi nous regardons, perdues dans cette histoire dont nous ne comprenons ni l'intérêt ni le rapport avec une quelconque séance de carto-mancie. Marie-Laure se retourne vers moi et caresse l'arête de mon nez, cette dague que j'ai héritée de la famille Ramgulam.

— Ton père ne ressemblait plus au prince qu'il était. Sa peau dorée, ses joues qui flamboyaient quand il roulait dans la ville, son torse marbré de veines roses : ces couleurs avaient disparu. Il était pâle, encore sous l'effet de sa terreur nocturne.

« Ses joues qui flamboyaient ». Soit Marie-Laure est bourrée, soit elle était folle de mon père.

— Je lui ai demandé ce que je pouvais faire pour l'apaiser. Et il m'a avoué une chose surprenante : « Je crois que j'aimerais savoir qui est cette femme qui me hante. »

Ma mère, maintenant suspendue aux lèvres de Marie-Laure, opine du chef.

— Il a claqué sa langue contre son palais plusieurs fois, comme les zinzins dans les films, et il a sifflé : « Je veux demander à une voyante qui est cette femme qui me hante. » J'ai failli tomber de ma chaise, tu t'en doutes, car c'était la première fois que j'entendais Suraj exprimer un besoin ésotérique. Je lui ai dit que je n'avais aucun médium sous la main mais qu'on pouvait toujours demander aux cartes. Je lui ai confié que je m'étais mise au tarot divinatoire pour passer le temps. Je croyais qu'il allait se moquer de moi mais pas du tout. Il est monté sans rien dire. J'ai entendu l'eau couler dans la salle de bains. Quarante-cinq minutes plus tard, il est redescendu tout propre. Il s'est assis dans la salle à manger et m'a dit : « C'est quand tu veux, je suis prêt. »

Je retiens deux choses de cette histoire dont j'ai hâte de connaître le dénouement : mon père a failli à son légendaire cartésianisme et, surtout, il n'a jamais perdu cette sale habitude de passer des heures sous la douche, sans égard pour les ours polaires dont il disait pourtant être un fervent défenseur.

— J'ai attrapé le paquet de cartes dans l'armoire du salon et me suis assise en face de Suraj. Puis je lui ai demandé de me poser une seule et unique question. Suraj a pris une grande inspiration et a articulé : « Que me veut la femme de mes cauchemars ? » Alors j'ai retourné les cartes qu'il m'avait désignées : l'Alchimiste, le Jugement, la Force, le Repos et le Tyran. La vérité, c'est que je n'avais aucune traître idée de ce que pouvaient bien signifier ces cinq cartes mises côte à côte, mais une chose est sûre, je n'oublierai pas son visage quand il les a vues. J'ai eu beau lui raconter autant de conneries que possible pour soulager sa terreur, il s'était mis en tête que ces cartes annonçaient qu'il allait mourir d'une maladie grave et rien ne pouvait plus le faire changer d'avis.

Je pose une tempe sur l'épaule de Lison. Marie-Laure ne m'apprend rien. Mon père était un hypocondriaque-né. De là à avancer qu'il a provoqué son propre mal, il n'y a qu'un pas. Que je franchis volontiers.

— Curieusement, ça a eu l'air de le détendre, ce tirage. Ensuite on est montés se mettre au lit et il a passé une nuit calme, à se blottir dans mes bras comme un enfant.

— Pardon ?

Je hurle de concert avec ma mère. Cette déclaration a ceci de positif qu'elle fait immédiatement refluer mon vague abandon à la mélancolie.

— Je… Je…, bredouille Marie-Laure. Pardon, ça m'a échappé. J'avais juré de ne jamais le dire. Suraj m'avait fait promettre…

— J'y crois pas, t'as couché avec mon père ?

La pauvre femme halète et se tient le cœur, comme si cet aveu allait le lui décrocher, puis avoue à demi-mot :

— Je ne dirais pas qu'on couchait ensemble. Mais on s'est, disons, fréquentés pendant deux ans. On se fréquentait. On peut le dire.

J'échange un long regard avec ma mère, puis celle-ci décrète :

— Je suis ravie, ma chère, que mon mari et toi ayez vécu une romance. Ça a dû lui faire beaucoup de bien, d'autant que, rappelons-le, il n'était pas foutu de remplir ses feuilles d'impôt tout seul. Il lui a toujours fallu une femme dans sa vie pour tout faire à sa place. Quel assisté !

Lison n'en revient pas. Je sais parfaitement ce qu'elle pense. Comment ce cul cousu, dont on s'est toujours demandé par quel miracle il avait réussi à se reproduire étant donné qu'il n'a jamais affiché le moindre intérêt pour le sexe, a-t-il eu une liaison secrète avec une femme à peine quelques jours après avoir quitté la mère de sa fille unique ?

Liées désormais par la connaissance plus ou moins charnelle de feu mon père, ma mère et Marie-Laure entament un intense processus de fusion amicale, dont je tâche de me distraire en contemplant l'horizon de mes cuticules. Désœuvrée, Lison me rejoint dans mon inspection quand Jackson nous offre une bière. Rien ne saurait davantage agir comme le déclencheur d'un souvenir incluant le paternel que le bruit d'une canette qu'on décapsule.

La bière, ça se boit glacé. Cette condition ne souffre aucune approximation. Pas fraîche, pas froide : glacée. C'est à vrai dire l'un des seuls combats pour lesquels j'ai vu mon père vent debout. L'élection de Sarkozy, le réchauffement climatique, l'affaire Lance Armstrong et même Christine Bravo, dont il avait fait, pour une raison que je n'ai jamais comprise, son ennemie jurée : tout cela n'était rien comparé à sa lutte pour ne plus faire servir dans les bars et restaurants que de la bière GLACÉE. Selon la légende familiale, cette marotte remonterait au jour où, sur son lit de mort, mon grand-père dont je ne connais même pas le nom – c'est dire le tabou qui entoure cet homme – aurait demandé une ultime faveur à ses enfants : « Apportez-moi une bière glacée ! »

Mon père, qui n'était pas plus haut que trois pommes mais le plus rapide de sa fratrie, a couru jusqu'à la première échoppe de Port-Louis aussi vite que ses petites jambes le lui permettaient, un grand bâton de bois, utile pour repousser les chiens errants, brandi dans ses mains minuscules. Il a poussé la porte du bazar poussiéreux où il allait chaque jour chercher du lait en poudre et des lentilles, et a hurlé qu'il lui fallait une bière, et tout de suite. Le gros monsieur de la boutique, à qui il manquait un bras à cause du diabète, a ri de sa gorge d'ogre et lui a répondu qu'il était trop jeune pour s'enivrer. Mon père a répété de toutes ses forces qu'il lui fallait une bière pour un mourant assoiffé et le gros monsieur a immédiatement cessé de plaisanter, ouvert le frigo, pris une immense canette de Phoenix, tapé sur l'épaule du maigre gamin, et souhaité bonne chance au malheureux qui lui avait passé commande.

Mon père, avec sa bière et son bâton, a dévalé la rue Gravier et traversé le parc où il n'osait d'ordinaire jamais faire un pas de peur que les clochards, ces âmes maudites aux pieds gangrenés qui y vivaient, ne s'accrochent à ses chevilles. Il les craignait autant qu'il craignait la dame dodue qui lui arrachait la chair du ventre dans ses cauchemars, autant qu'il craignait les fantômes dont sa mère racontait qu'elle voyait leurs ombres la nuit. Mais s'il ne se dépêchait pas, ce serait son père qui en serait un, bientôt, de fantôme. Alors il a foncé les yeux mi-clos pour ignorer la misère – comme on le fait tous –, sauté par-dessus la barrière rouillée, essuyé la sueur de son front avec un pan de son t-shirt et continué sa course, le torse brûlant d'effort et de soleil, en regardant le ciel dans une prière désespérée. Il ne devait pas faire moins de quarante degrés à l'ombre. Il a couru, couru, comme si ce qu'il tenait dans sa petite main allait contrecarrer le destin. Il n'en était rien, bien sûr, et le temps que mon père rejoigne le sien au dernier étage de l'hôpital public de Port-Louis, le cancéreux dont j'ignore le nom était mort, la bouche ouverte, la langue sèche. De toute façon, la canette que le petit Suraj tenait dans sa main droite avait tiédi.

Depuis, mon père n'a jamais cessé de courir. Ni de réclamer ses bières GLACÉES. Et lorsqu'il se servait une grande chope d'Estrella Damm, sa préférée, il en jetait toujours quelques gouttes au sol. « Pour les morts », il disait. Mais ce qu'il voulait vraiment dire, c'était : « Pour mon père. »

Dans quatre jours, ça fera six mois que j'ai repris le flambeau. Quand sonnent 18 heures et où que je sois, je commande toujours une bière glacée. Là, avant même de porter la mousse à mes lèvres, je jette quelques gouttes dorées au sol en hommage à l'homme qui courait, hélas, moins vite que la mort.

Lorsque derrière moi, rangée 3, Jackson décapsule sa grande Heineken, je presse l'arrière de mon crâne contre le repose-tête de l'autocar pour mieux entendre sa discussion avec Séraphin, et me demande au passage si ce dernier comprendra un traître mot de ce que lui raconte son voisin. Dans son franglais à faire saigner les tympans de n'importe quelle personne dotée d'un semblant de compréhension de l'une ou l'autre des deux langues, Jackson tente de relancer l'échange déjà agonisant.

— Tu veux une *frozen beer* comme Suraj l'aimait, *buddy* ?

— Eh bien, il est tôt et j'ai déjà bu du champagne. J'ai peur d'avoir des aigreurs d'estomac.

— *Come on*, il faut célébrer notre ami, et puis *beer isn't alcohol*. Il paraît même que c'est bon pour *the stomach, you know, all this stuff. Drink, my friend*, on a encore beaucoup de route devant nous.

Sans lui laisser l'option du refus, Jackson fourre une canette de Heineken dans les mains de Séraphin qui en boit une gorgée du bout des lèvres.

Pas de chance pour ce bon Jackson. Son retard l'a contraint à passer le trajet à côté du pire triste sire de notre épopée : Séraphin, minuscule créature dont les yeux de lézard à fleur de tête m'inspirent depuis toujours une foudroyante antipathie. Il faut dire que Séraphin est fou de ma mère, qu'il n'a pourtant fréquentée que six mois il y a quarante ans. Depuis, il fait tout pour la reconquérir. Ma mère ne s'en est jamais rendu compte, trop habituée à ce que tous les hommes la contemplent à se damner.

Non content d'être né vilain, Séraphin met un point d'honneur à s'enlaidir de toutes les façons possibles, notamment grâce à une panoplie vestimentaire qui fleure bon le Moyen Âge. Loin de n'avoir que cette tare, il est par ailleurs affublé d'une voix fluette d'adolescente, il semble s'être donné pour mission d'en assommer autant de gens que possible. Car bien sûr, Séraphin ne se tait jamais, tout persuadé qu'il est d'abriter dans son petit crâne l'ensemble de la connaissance universelle. Le pire, c'est qu'il ne m'est même pas permis de le détester ouvertement : il me couvre de cadeaux et de compliments toutes les quatorze secondes, persuadé qu'il aura la mère en gâtant la fille – et chacun sait, dans cet autocar, que je suis aussi vénale que corruptible. Pour couronner le tout, chaque personne à qui ma mère le présente lui voue une admiration immédiate, ce qui me donne autant envie de gerber que de l'étrangler avec son stéthoscope.

Il faut reconnaître que son CV est impressionnant, contrairement à son physique. Car Séraphin est un touche-à-tout. Tout d'abord, et comme il aime s'en vanter auprès de qui veut bien l'entendre – et surtout de qui n'a rien demandé –, il est chirurgien ORL et brasse donc pas mal de blé sans en profiter, très fier de vivre modestement en dépit de son énorme compte en banque. Quiconque ne l'aurait jamais croisé hasarderait qu'il est radin, mais là encore, Séraphin est trop vicieux pour être affublé d'un défaut si facile à dénoncer. Il donne donc tout son argent à des associations contre les violences faites aux femmes, sans jamais perdre une occasion de le rappeler. Monsieur est par ailleurs trop bon pour se soucier de son petit confort. Dans le frigo de sa chambre de bonne, vous ne trouverez que des yaourts, le bougre n'ayant pas le temps de se faire à dîner, tout occupé qu'il est à sauver la veuve, l'orphelin et même les guépards d'Afrique du Sud. Eh oui, Séraphin est aussi *ranger*, du moins l'été, quand il a un peu de temps libre. Il opère les félins blessés par des braconniers dans un centre d'aide aux bêtes de la savane. Quand je disais que cet homme était à vomir.

Pour l'heure, notre fils spirituel de Mère Teresa en bermuda gris – la couleur de son âme – est coincé avec Jackson, dont la bière, qu'il tient entre ses mains comme on berce un enfant, a dû tiédir. Jackson est sans doute l'un des plus légitimes à faire partie de notre aventure, contrairement à Séraphin, à qui quelques gorgées d'alcool ont suffi pour libérer sa logorrhée :

— Jackson, c'est ça ?

Jackson acquiesce, tout bourré et absolument ravi d'avoir brisé la glace avec l'autre emmerdeur – et tout à fait inconscient de ce qui l'attend.

— Eh bien, mon brave Jackson, savez-vous comment se passent les crémations en Inde, d'ordinaire ?

— *I don't know* mais je crois que c'est un *big ritual there, isn't it, buddy* ?

— Ah ça, je ne vous le fais pas dire. Quand j'étais à Calcutta en 2016, j'ai assisté à la cérémonie crématoire positivement ébouriffante d'un ponte de la médecine indienne. Rares sont les gens qui peuvent prétendre avoir attiré une telle foule pour leur départ vers l'au-delà. C'était le mari de la sœur d'un de mes confrères…

Jackson, trop saoul pour être aussi poli que d'habitude, l'interrompt :

— Oh, *very much like Suraj*, nous étions *so many people* dans le crématorium qu'on n'a pas pu tous *put a flower on his body*.

Séraphin, jaloux du succès posthume de son principal rival, se racle la gorge.

— Vous êtes un ami du défunt époux d'Huguette, si je ne m'abuse.

— *The very best* ! On s'est connus à la salle de sport *eighteen years ago. I know Indira since she was a* petite fille. Haute *like* trois poires !

— Comme trois pommes !

Abandonnant cette merveille de Jackson à l'autre vipère, je m'autorise un instant de nostalgie. Les bottes de foin et quelques champs brûlés m'indiquent qu'on a quitté l'autoroute.

Je précise que j'ai eu 4/20 au bac d'histoire-géo, ce qui signifie que pour moi, l'ensemble de notre planète n'est divisé qu'en quatre espaces : la mer, la ville, la montagne et la campagne. Quant à savoir quelles villes composent quelles campagnes… Je serais donc bien incapable de nous situer sur une carte. Il me semble avoir saisi que nous roulions vers le sud, mais de ça je ne peux même pas jurer : je n'exclus pas qu'il existe plusieurs sud et que j'aie mal identifié le nôtre. Ce que je tiens pour certain, c'est qu'on roule depuis trois heures. La cambrousse défile. Lison s'est endormie. Je lui vole ses AirPods pour faire taire le soliloque de Séraphin sur les rites funéraires d'un pays qui n'est pas le sien. Comme chaque fois que je regarde par la fenêtre d'un bus ou d'un train, je repense à l'été 2009. L'été de mes dix-sept ans.

Arrivée la première dans le train qui reliait Montparnasse à Pléneuf-Val-André, où m'attendait Lison pour nos vacances rituelles, j'étais plus que ponctuelle : trop en avance. À 14 h 32, trente minutes avant le départ du TGV, un couple de petits vieux s'est installé en face de moi. Ni l'un ni l'autre n'avaient l'air de craindre la canicule, le premier coincé dans un trois-pièces en drap de laine, la seconde engoncée dans un ensemble en tweed assorti au revêtement des sièges du TGV.

À l'époque, je ne dormais jamais, ou très peu. La faute à une adolescence anxiogène. Les détails du jour devenaient montagnes la nuit. Ainsi, je détestais le crépuscule comme la vieillesse, craignant sans doute que le premier ne me précipite vers la seconde. Pourtant, dans un rare moment de compassion probablement déclenché par la fatigue, j'ai souri au couple d'en face. La vieille dame a sorti de son sac un paquet de Pim's à la framboise et, sans demander son avis à l'intéressé, en a fourré un dans la bouche entrouverte de son époux, qui a manqué s'étrangler.

— Mais enfin, Édith, vous voyez bien que vous mettez des miettes sur mon costume du dimanche !

Édith a pouffé de rire, peut-être parce qu'on était mardi, et l'endimanché a fait de même, avant de claquer un baiser à la framboise sur la joue de sa femme. J'ai souri malgré moi. À l'époque, j'apprenais tout juste à jouer les dures à cuire, persuadée de ne pas avoir d'autre choix. Quand on est une femme, quelle solution a-t-on sinon celle d'être sévère, pour survivre aux autres, pour survivre aux hommes ? C'était ce que mon père m'avait enseigné, en tout cas.

Cet été-là, j'avais à peine dix-sept ans et déjà les humeurs des femmes âgées. Secouée par les roucoulades du couple que j'enviais, finalement, j'ai tangué d'une rangée à une autre, à la recherche du wagon-bar.

Voiture 15, j'ai aperçu la queue mais ne me suis pas découragée. Il me fallait un croque-monsieur trop cher et une canette de 16 blanche. La bouche pleine de béchamel, les doigts dégoulinants de bière, j'étais bien. J'attendais que le temps passe.

Quand j'étais petite, mon père me racontait que les bottes de foin qui roulaient dans les campagnes sous l'effet du vent étaient des tigres. Des fauves fiers et dorés, échappés de zoos pour courir la liberté dans les provinces, moins cruelles que les villes et leurs barreaux. Je savais naturellement que c'était faux, mais je riais toujours aux poèmes de mon père. Par tradition bien sûr, par respect aussi. L'année de mes dix-sept ans, et même si tout me blasait, j'ai regardé les bottes de foin à travers les vitres du train comme on regarde un fauve à rayures. Tout n'était donc pas perdu.

J'ai fermé mes yeux pleins de soleil, et me suis laissé bercer par la fuite. Plus tard, j'ai senti un regard sur ma nuque, sur mon épaule nue, sur mon corps entier que j'avais eu la folie de délasser une poignée de secondes. On ne m'y reprendrait plus.

Je me suis retournée d'un quart de tête méprisant, et j'ai essayé d'identifier celui ou celle qui osait m'arracher à une paix si rare. J'étais prête à rugir quand j'ai été surprise par une étrange cheminée grise qui dépassait du bar. Sous ce chapeau de mauvais goût, dont l'ombre masquait le visage de son propriétaire, un rictus moqueur m'a fait perdre ma contenance, la rigueur que je consacrais à être si sévère.

Le chapeau rayé a avancé. Je me suis retournée, feignant un intérêt neuf pour les tournesols fanés au-dehors.

Mais il était déjà trop tard. Alors que le TGV 8623 poursuivait sa fuite vers la Bretagne, j'allais éprouver pour la première fois le vertige, la gêne, l'abîme, le désir, le déchirement aussi, la jeunesse finalement. J'ai fait mine de ne pas m'apercevoir que le chapeau était arrivé à ma hauteur. Je savais, de toute manière, que cet abominable couvre-chef allait précipiter ma vie vers de nouvelles et malheureuses ardeurs.

Ce que l'on s'est raconté ce mardi-là, le jour le plus humide de la décennie, n'a aucune espèce d'importance. Il m'a dit les mêmes choses qu'on dit toujours la première fois, j'ai répondu la même chose qu'on répond toujours la première fois. Je ne m'en souviens plus. Ce dont je me souviens en revanche, c'est d'avoir projeté dans ces yeux couleur bouteille mes premières impudeurs. D'avoir voulu offrir à mon corps un peu de la tiédeur d'un autre. J'étais plus jeune finalement que ce que j'avais pensé. Assez jeune pour croire à cet instant précis que l'effroi des nuits pouvait disparaître au creux d'une épaule, et que cette épaule-là semblait assez robuste pour accueillir les peurs des petites filles qui jouent aux grandes.

Qu'importaient le vilain chapeau et les rayures démodées de l'homme du bar – qu'il convient de ne jamais nommer pour qu'il disparaisse un jour, sinon du monde, au moins de ma mémoire. Il aurait pu être plus beau, il aurait pu être plus grand, il aurait pu être un autre, surtout. Il aurait dû être un autre ! Mais de quelle imprudence n'est-on pas capable quand on a peur de la nuit ?

Ce que mon père avait omis de préciser alors, dans ses mises en garde, c'est qu'un seul porteur de chapeau, pour peu qu'il souffre de quelques petites misères et trimballe un cœur furieux, pouvait changer le regard d'une petite fille sur les campagnes. Pour moi aujourd'hui, les bottes de foin sont des bottes de foin. Les tigres dorés n'existent plus que derrière les barreaux, et les nuits, inlassablement, succèdent aux jours. Sous ce couvre-chef, j'ai vu les années passer. J'ai su que ces quelques secondes, dans ce banal wagon-bar, feraient rouler les drames dans les yeux de ma mère, et auraient raison de mon ennui, peut-être, et de ma jeunesse, toujours.

Mais je m'en fichais. Ce mardi-là, je ne l'aurais jamais admis, mais tout ce que je désirais était d'avoir moi aussi, envers et contre toute raison, une joue qui sentait la framboise.

8

J'ai à peine le temps de remonter le fil de ma désolante première histoire d'amour que le glorieux Ludovic pose une main sur mon épaule, et je me retiens à grand-peine de lever sur lui des yeux énamourés. Concentrée, je retire mes écouteurs, souris à pleines dents. Mais sitôt a-t-il ouvert la bouche qu'une secousse projette mon visage vers le sien, et nous tombons comme deux poids morts sur le sol pendant que le reste des voyageurs fait de même. D'après le silence qui suit le crissement des pneus, j'en conclus que nous avons percuté quelque chose.

Ma mère pousse un cri d'orfraie en constatant que sa dernière bouteille de champagne a explosé, répandant sur le sol nos ultimes espoirs de beuverie chic. France, écrabouillée par les musclés de la rangée du fond, appelle à l'aide tandis que l'un des gros bras la ramasse et l'époussette. Séraphin, une trousse de secours en bandoulière, défile de rang en rang pour s'assurer le triomphe du sauveteur. Dommage pour lui, personne n'est blessé.

Dehors, le soleil a séché les herbes qui bordent la route. Tout est cramé. Il ne doit pas faire moins de trente-cinq degrés. À l'ombre.

— Pourvu qu'on n'ait pas heurté un cerf ! gémit Séraphin.

Simone sort du véhicule, suivie par l'intégralité du car. Les curieux se pressent devant l'engin. Des « Mais c'est pas vrai ! » et plusieurs « Bordel de merde ! » fusent de part et d'autre de la foule, que je coupe en deux tel Moïse pour constater l'origine de notre panne et apporter mon diagnostic. Précisons, par honnêteté intellectuelle, que je n'ai pas le permis. Pas besoin de permis toutefois pour constater que non pas un seul, mais bien deux pneus sont crevés et reposent désormais comme des panses d'éléphant sur une herse.

— *What kind of asshole would put this* ici *to kill poor* voyageurs ?

Les théories jaillissent. Fumeuses.

— C'est sûr, on est à l'orée d'une zone militaire !

— C'est sans doute une route condamnée par la police, bredouille Laurent, dont je commençais à douter de la capacité à formuler une phrase.

Lison allume une cigarette. France appelle une dépanneuse. Mon réflexe à moi est tout autre. D'un regard dépité, j'implore le Rambo qui sommeille en ma mère de surgir pour nous tirer d'affaire.

Il ne faut pas s'y tromper. Certes, ma mère a davantage l'air d'une cantatrice d'opérette que d'une experte en gestion de crise, mais elle se transforme en capitaine de l'armée dès qu'il s'agit d'en découdre avec une catastrophe. Un agresseur à qui casser les dents, un enfant à qui faire un massage cardiaque : ne vous laissez pas avoir par ses froufrous et ses ongles peints, elle est l'homme de la situation. Ce qui, bien

sûr, ne fait que renforcer l'admiration de ses préten-
dants, eux-mêmes généralement incapables d'être
autre chose que ce qu'on attend d'eux. À l'exception
de mon père, qui avait aussi pas mal de cordes à son
arc – mais dont il se servait principalement pour être
un immense emmerdeur. Quoi qu'il en soit, ma mère
a beau avoir remonté ses manches et ôté ses talons
bobines, elle n'en reste pas moins comme deux ronds
de flan devant le problème du jour.

Jackson, Ludovic et Séraphin s'agenouillent auprès de celle qu'ils ont d'ores et déjà acceptée comme leur gourou. Tandis que chacun brasse sa parcelle d'air, Dris vient s'accouder sur mon épaule. Une personne malavisée arguerait que la présence de mon ex dans feu l'autocar est étrange. Pour ma part, j'estime normal de ne jamais laisser complètement partir les gens qu'on a aimés. Au coin de sa bouche, un joint parfaitement tubuleux, comme lui seul sait le confectionner. « À la hollandaise », dit-il toujours quand il colle le papier très fin avec sa langue dans le sens inverse de la feuille avant d'embraser le cylindre d'un coup de Zippo. La manière dont Dris roule les pétards, et même les cigarettes, m'émoustille depuis dix ans déjà. C'est peut-être le mouvement suggestif de ses doigts qui fait appel à mon imagination primaire, ou simplement son savoir-faire inaltérable dans le domaine de la fumette qui titille ma sapiosexualité. Voilà sans doute ce qui m'a d'abord séduite chez lui : son calme, souvent rompu par la vanne qui va bien, comme le ferait la star de stand-up qu'il aurait pu devenir s'il avait eu un semblant d'ambition. Mais Dris n'en a aucune. Il est un prophète dont la seule mission sur terre est de prêcher l'abnégation. L'inverse, donc, de 100 % des hommes que ma mère a connus. C'est à se demander pourquoi je l'ai quitté, il y a huit mois tout pile, pendant l'agonie de mon père. La version officielle, c'est que je ne supportais plus de dormir dans le canapé-lit turquoise de notre studio miteux. La vérité, c'est que la maladie de mon père m'a fait comprendre combien j'avais besoin de retourner à mon état de petite fille, à ma solitude donc. Du jour au lendemain, j'ai démissionné de mon job dans la presse féminine, dit ciao à Dris, et pris un billet sans retour pour l'Australie dans l'optique de me faire un maximum de surfeurs en un minimum de temps. Une crise de la quarantaine avant l'heure. Évidemment, comme la vie entend toujours rappeler ses pécheurs à l'ordre, j'ai attrapé une IST le soir même de ma rupture. Direction l'hôpital pour cause de salpingite aiguë. Depuis, mon billet pour l'Australie a expiré, je n'ai plus de job, plus de mec et plus de trompes de Fallope.

— Vous tenez le coup, ma merveille ? On n'est pas près d'arriver, je crois, me dit Dris avec un sourire qui ne le quitte jamais, même pendant l'amour – ce qui est sans doute, maintenant que j'y repense, l'une des raisons qui m'ont poussée à le quitter.

— Ça va. Mais je sentais que ça allait être un bourbier, cette affaire.

— Tout est toujours un bourbier avec vous, madame. Vivre avec vous, c'est l'aventure.

J'ai rencontré Dris quand j'avais vingt ans, à l'issue de trois années avec l'homme au chapeau qui avaient supprimé les derniers résidus de confiance en moi et assis mon mépris pour les hommes. Lison m'avait conviée à un apéro chez l'un de ses amis. Quatre mois après la fin de ma relation, sortir à tout bout de champ était ma seule préoccupation. Je découvrais avec joie les possibilités infinies d'une jeunesse dont j'avais trop longtemps été privée. Je disais oui à tout, surtout aux hommes. Ce soir-là, et conformément à mes résolutions nouvelles, j'avais donc dit oui à Lison pour la rejoindre chez son ami dans le 18ᵉ arrondissement de Paris. On dit souvent que l'amour ne frappe pas à la porte. Pour Dris, c'est pourtant ce qui s'est passé. Au cinquième étage d'une résidence acajou, il a ouvert, souriant. Je suis entrée en trombe, lui fourrant dans les mains une boîte de calissons volée dans les placards de ma mère. Et puis j'ai foncé embrasser Lison qui fumait l'une des roulées si parfaitement tubuleuses de Dris.

— Mais il n'y a que vous deux ? ai-je interrogé, déçue que l'appartement ne regorge pas d'éphèbes venus spécialement pour me faire la fête.

Dris a rigolé, sans s'offenser de ma déconvenue. Précisons que Dris a beau être l'homme le plus parfait qui soit à mes yeux, il est loin d'être une bombe atomique. Et puis surtout, à l'époque il ne se séparait jamais de ses affreux t-shirts à messages colorés, éternels rappels que Marseille, où il a grandi, ne quitterait jamais ni son cœur ni ses épaules. Sa bonhomie a malgré tout eu raison de mon traditionnel dédain, et j'ai rapidement baissé les armes, l'interrogeant plutôt sur les dizaines d'illustrations d'animaux fantaisistes épinglées à la va-vite sur ses murs.

— Tu es dessinateur ? lui ai-je demandé, oubliant tout à fait la présence de Lison.

— Je suis illustrateur, oui, il m'a répondu en couvant ses œuvres d'un regard amoureux. Je fais du *tattoo* aussi, et un peu de graphisme pour des boîtes, histoire de gagner ma croûte. Et toi, tu fais quoi dans la vie ?

— Je suis étudiante. Tu vois bien que j'ai pas l'âge de travailler.

Sur la table basse que Lison était en train de massacrer au Posca, Dris avait disposé des dizaines de petits-fours faits maison, et quelques canettes de bière qui avaient manifestement fait un tour au congélateur. En constatant ce détail, j'ai su qu'en plus de me séduire, Dris plairait à mon père. Comme j'avais vu ma vie changer dans le regard bouteille de l'homme au chapeau, j'ai vu, trois années plus tard, mon existence basculer dans les yeux calmes de Dris. C'était sûr : nous allions vivre une grande histoire. Et maintenant que les années ont passé, je peux dire que mon intuition ne s'était pas trompée. Quelques heures après l'offrande des calissons, cette nuit de novembre qui précédait son anniversaire, Dris m'a embrassée. Lison a fini par partir, se sentant de trop. Dris a baissé les lumières, déplié le canapé-lit, et nous avons fait l'amour comme je ne l'avais jamais fait auparavant. Sans doute parce que je n'avais jusque-là connu du sexe que son expression la plus violente. La nuit a finalement duré trois jours. Et puis j'ai dû partir. Un soir, je reçus ce message :

« Très chère madame Ramgulam,

Toute l'équipe d'Al Fali a été honorée de votre présence dans son établissement et a pris soin de laver vos effets personnels, en l'occurrence un slip abandonné. Nous gardons nos portes ouvertes 24 h/24, afin que vous puissiez récupérer ce qui vous est dû et séjourner de nouveau chez nous.

Bien cordialement,

L'établissement Al Fali »

J'ai ri, parce que Dris était drôle, poli et gentil, autant de qualités qui avaient jusque-là dramatiquement manqué à ma vie amoureuse. Pendant les mois qui ont suivi, les messages de Dris ont été aussi réguliers que mes appels de phares pour passer la seconde. Notre amour m'était évident, et je voulais qu'il devienne quotidien. Pendant des mois toutefois, Dris a continué à ne me convier chez lui qu'un soir par semaine. Il me faisait à dîner, m'envoyait le menu qu'il avait calligraphié sur du beau papier, nous restions à table jusqu'à tard, buvions du vin trop cher pour nos maigres économies, et puis finalement, n'y tenant plus, nous faisions l'amour. Au bout de sept mois, au cours de notre traditionnel dîner, il m'a glissé :

— J'espère que ça ne te dérange pas, en ce moment je vois trois autres filles. Je préfère être honnête avec toi.

— Pourquoi ça me dérangerait ? ai-je répliqué un peu trop vite, le cœur douloureux, persuadée qu'il me fallait désormais mettre un terme à notre histoire que moi seule désirais exclusive.

Le lendemain matin, après une nuit plus timide et moins tendre qu'à l'ordinaire, la faute au charme rompu par la polygamie de Dris, je suis partie, bien décidée à ne plus revenir. De toute manière, la semaine d'après, je quittais Paris pour l'Inde où je devais rester plusieurs semaines. J'allais donc avoir d'autres chats à fouetter.

La suite, je vous la fais vite. J'ai connu en Inde un Allemand roux et végane dont je suis tombée amoureuse autour d'un curry de légumes verts, et pendant un an et demi, j'ai fait des allers-retours à Kiel, petite ville portuaire à une heure de Hambourg où Helmut vivait en colocation avec un fan de *World of Warcraft* et une abajouriste. Et puis je me suis lassée, comme je me lasse de tout et de tous les hommes. Sauf de ceux qui me font du mal. J'ai recommencé à voir Dris, dont les bras ne m'avaient jamais paru aussi fantastiques et les joints plus tubuleux. Le polygame invétéré a fini par tomber amoureux de moi et j'ai rompu avec Helmut via Skype, sans égard pour les chansons qu'il m'avait écrites, ni pour les assiettes de boulgour qu'il m'avait préparées avec amour. Un caprice de plus. C'est ainsi que Dris et moi avons emménagé ensemble, avant de nous séparer cinq ans plus tard. Mes amis diraient que je me suis encore une fois lassée. La vérité réside pourtant ailleurs, quelque part entre le cancer de mon père et mon incapacité à le pleurer.

10

Je pose ma tête sur la main que Dris me tend, comme nous le faisions quand nous étions ensemble. Dans chacun de ses vouvoiements, je décèle sa volonté d'entretenir coûte que coûte notre complicité. Par loyauté pour notre amour passé, par crainte de voir cette relation se terminer, comme je crains la fin de toute chose, d'un repas, d'un rêve, d'un film ou d'une journée, je le vouvoie en retour. Le jour où il me dira « tu », alors nous saurons que plus rien ne demeure entre nous que de vieux souvenirs en forme de fêtes sans musique, de visages sans traits et d'un temps sans marqueurs, cave où les mois et les années s'entassent en bordel. Un bordel ni joyeux ni triste. Un bordel sans épithète.

Je regarde Dris fumer son joint en toute tranquillité, imperméable à l'agitation alentour. Il passe une main dans ses cheveux mousseux, héritage de son père syrien, et lisse son sourcil droit, comme il le fait toujours lorsqu'il réfléchit. Dris m'aspire dans sa quiétude. Je m'assois dos au vacarme. Il me tend son joint, je tire longuement dessus. C'est ma première taffe depuis notre séparation. Il n'y a qu'avec lui que je fume autre chose que des cigarettes. En examinant la végétation qui câline la route, je constate que l'un des fourrés gigote, à seulement quelques mètres de nous. La paranoïa du joint monte. Et si le responsable de notre accident nous espionnait, tapi dans ce buisson ? Et s'il s'était lui-même grimé en végétal, comme dans les films avec Schwarzenegger ? Je me relève et avance en direction de l'arbuste, Dris sur mes talons. Du fourré sort tout à coup une sorte de serpillière à pattes avec une moustache de Zébulon. C'est un chien. Et… putain ! Ça n'est pas n'importe quel chien. Il me faut un moment pour y croire. Avec son œil crevé et ses dents organisées en rangées hirsutes de petites dagues, il a la magnificence de ceux qui sont vraiment laids. Dris étouffe un « Quelle horreur ! ». Quant à moi, je m'approche avec le cœur embrasé d'une mère qui retrouve son enfant parmi les décombres, après un ouragan. Oui, c'est bien lui. Je le reconnaîtrais entre mille chiens. Traitez-moi de dingo, mais autant les humains dans leur grande majorité ne m'inspirent que honte et dégoût, autant je dédierais ma vie, si je n'avais pas d'ambitions pécuniaires, aux chiens malheureux. Laideron, puisque c'est ainsi que s'appelle celui qui se tient en face de nous, me reconnaît à son tour et vient frétiller dans mon giron. En le serrant contre moi, je repense à notre rencontre. Il y a dix ans, sur l'île de V***, où j'ai passé mon enfance et mon adolescence, j'ai trouvé Laideron dans un sac-poubelle à la déchetterie où j'étais allée jeter mon vieux vélo. Le sac avait bougé, j'avais pris peur et finalement j'y avais découvert un animal au bord de l'asphyxie, avec sa gueule de travers et sa patte arrière gauche en moins. Le cœur serré, j'avais aussitôt ramené le petit rescapé dans notre bungalow, l'avais nourri, soigné, pucé et aimé. Et puis notre voisine Annette était passée boire le café avec mon grand-père et était immédiatement tombée amoureuse de cette petite gargouille sans défense qui avait payé le prix fort pour être né vilain. Devant leur emballement réciproque, j'avais confié l'animal à Annette. Et le voilà désormais, vieux et toujours de guingois, l'arrière-train si malade qu'il est désormais soutenu par une structure à roulettes lui permettant d'avancer avec la grâce des vaincus.

— Mais qu'est-ce que tu fais là, Laideron ?

— Me dis pas que tu connais ce chien !

Ledit Laideron estime qu'il a suffisamment perdu de sa maigre énergie pour me faire la fête et se traîne dans le bois d'où il semble venir.

— Je crois qu'il veut rentrer chez lui, le petit fugueur ! Ça veut dire qu'on n'est pas loin de V***. Suis-moi, je glisse à Dris, avant de lancer à la canto-nade : On va se promener !

Évidemment, personne ne prête attention à notre départ, la herse étant devenue l'unique centre d'in-térêt de notre groupe. Effet du pétard ou pouvoir magique des cèdres, le bruit des voyageurs s'éteint sitôt la lisière passée et nous marchons tranquille-ment, cajolés par les roucoulements d'oiseaux dans l'obscurité. Il a beau être encore tôt, la forêt est déjà terriblement sombre. De l'autre côté du bois jaillit de nouveau le soleil d'été. Nous débarquons au bord d'un fleuve. Mon poumon gauche me brûle un peu.

Ça pourrait s'expliquer par le THC, mais un sentiment de déjà-vu, là près de l'eau, m'indique que seul mon instinct est responsable de ma hâte. Le chien à roulettes balaie la terre jusqu'à un ponton, unique trace d'un passage humain dans ce désert de conifères. Il s'assoit au bout du ponton, l'air de savoir ce qu'il fait, comme s'il attendait quelque chose ou quelqu'un ici chaque jour. Le tchou-tchou d'un vieux train lui fait remuer la queue, et il aboie trois fois. Une navette en ferraille flotte maintenant dans mon champ de vision, fendant l'eau sans se presser, et s'arrête pile-poil devant Laideron. Je tourne la tête vers l'autre rive. Une cinquantaine de mètres séparent notre parcelle de terre de celle d'en face. C'est bien l'île ! Quelques petites maisons bordent le fleuve, à peine masquées par des saules qui pleurent dans l'eau viciée. Mon poumon gauche me brûle un peu plus fort. Je prends la main de Dris, qui la saisit sans la presser.

— C'est le bateau qui mène à V***. C'est fou qu'on ait crevé juste à côté !

— Mais non, V*** ? Tu déconnes, répond Dris. L'île où vivaient tes grands-parents et dont tu voulais jamais dire comment elle s'appelait pour que personne y aille ? On va voir ce qu'elle est devenue, vraiment ?

— Je raterais cette occasion pour rien au monde. Dix ans qu'on a vendu la maison. Dix ans que je suis pas venue.

Nous embarquons à bord de la navette comme sur un nouveau monde. Des petits bateaux en ferraille de ce type, mon père et moi en avons pris des dizaines pour aller à l'île aux Cerfs, dans l'est de la république de Maurice, à l'époque où vivaient encore les tortues centenaires. Sur l'île aux Cerfs, aujourd'hui, il ne reste plus de tortues ni même de cerfs. En revanche, il y a un golf car c'est ce que l'on attend d'un morceau de terre sauvage au milieu de l'océan Indien : que des sexagénaires puissent tranquillement y lancer des balles dans des trous.

Dris sort quelques euros de sa poche et les donne au vieil homme qui fume un cigarillo dans son galet de verre. Nous nous asseyons sur les sièges en plastique un peu mouillés. Sans piper mot, le vieux nous tend deux tickets roses vierges de toute inscription. Un sésame vers l'autre rive. Nous sommes seuls à bord. Nous et le chien. Dris tire sur sa cigarette électronique, la croisière semble durer des heures et pourtant il n'y a que quelques mètres d'eau saumâtre à traverser. Je distingue l'embarcadère. Le bateau s'arrête. Le conducteur se met en équilibre, une jambe à terre, l'autre sur son embarcation, et tend sa main pour nous aider à sortir. Sans nous laisser le temps de penser à lui demander ses horaires, il repart. Dris et moi nous retrouvons seuls sur le ponton, à l'orée de l'île. Devant nous, une guinguette abandonnée qui n'a sans doute pas vu l'ombre d'un bal musette depuis des décennies. Je contemple tout en silence, ne sachant pas vivre mes émotions autrement. Je n'en reviens pas d'avoir atterri ici. De tous les endroits où l'on aurait pu crever, il fallait que ce soit au beau milieu de mes souvenirs.

— Allez hop, montez dans votre calèche, milady, m'invite Dris en désignant du menton une brouette abandonnée.

Je me tasse dans le véhicule de fortune. Un jasmin, qui étouffe le mur de la guinguette, se rappelle à ma mémoire. Je n'ai pas de poitrine. J'ai un minuscule bas de maillot rouge. Les cheveux au carré. Un chausson aux pommes dans les mains. On m'appelle Mowgli. Mon grand-père, dans son jogging blanc, pousse la brouette sur le chemin de terre.

Laideron se presse sur ce même chemin. Dris propose de le suivre en me poussant dans la brouette.

— Allons redécouvrir l'île où vous avez passé vos week-ends de petite fille, ma merveille.

La brouette grince. Les maisons sont en lambris, comme au Canada. Si les jardins étaient mieux entretenus, on pourrait croire à un paradis fraîchement construit. Mais les propriétés, à bien y regarder, ont des carreaux cassés, de la moisissure aux murs, et les potagers ont été dévastés par les nuisibles. Plus personne ne doit vivre ici depuis belle lurette. Le chemin, je me souviens, fait le tour complet de l'île. Ni Dris ni moi ne brisons le silence. Après avoir desservi une bonne dizaine de cabanes, le sentier débouche sur une clairière délimitée par des bungalows déglingués, qui n'est en fait pas une clairière mais un stade de foot laissé à l'abandon. Dris s'assoit en plein milieu du stade pour rouler un nouveau joint. Il me tend son bédo, dont je prends une énorme taffe sans le regarder. Allongée dans l'herbe, j'ai l'impression d'être au centre du monde. Au centre de mon monde. Nous ne sommes pas n'importe où et aucun de nous deux ne l'ignore.

Je fume, je fume, je fume. Soudain, l'herbe agit. Elle est forte.

Comme chaque fois que je suis stone, envers et contre tout sens commun, je me mets à redouter les réprimandes de mon père. Je tire une autre taffe et me revois à vingt et un ans, si adulte qu'on puisse l'être quand notre mère paie encore nos factures SFR, me cacher derrière les arrêts de bus pour fumer mes clopes, au cas où mon père passerait précisément dans cette rue avec sa Nissan Primera. Je fume, je fume, je fume encore, et revois ma première montée de MDMA, il y a dix ans. Mes yeux comme ceux d'un hibou, comme ceux de ma mère, le cheveu hirsute de qui a transpiré toute la nuit. Le lendemain, j'avais promis à mon père de l'accompagner à la salle de sport. Et je tins promesse, ondulant de la tête au rythme de la musique, mes mains langoureuses frôlant mon bassin, encore sous l'emprise du para. Mon père, effaré, me diagnostiqua une grippe carabinée et me renvoya chez moi aussi sec. Je fume, je fume, je fume, et me revois, à huit ans, finir les verres des adultes pendant les dîners en terrasse, déjà consciente que j'aimais perdre pied, voir flou, et avoir la tête dans le tube digestif. Mon père m'avait fait goûter l'Estrella Damm à sept ans, et depuis je cherchais l'ivresse de la première lampée partout.

Dris me tend une main autoritaire.

— Levez-vous, ma merveille, on va faire le tour de l'île.

Laideron roule toujours sur le chemin, à quarante mètres de nous. Au bout du chemin, il se traîne sous la rambarde de la dernière maison à gauche. Je le suis. La maison où habite mon Laideron est la plus petite de toutes. Un potager piqué de roses et mieux entretenu que les autres sépare le portail de la demeure. Une véranda en bois blanc avance sur le jardin, derrière laquelle l'animal nous regarde et aboie.

Dris et moi enjambons la maigre barrière, toujours mutiques. De l'autre côté de la façade grimpent de grands lilas. Tout me revient. Les yeux clos, je raconte à mon compère très vite, comme s'il fallait tout verbaliser avant que les souvenirs ne s'envolent :

— Quand on tourne à droite sur le chemin, on finit par arriver sur un autre sentier. On peut le suivre et prendre à gauche, et alors il y a une grande piscine, avec des toboggans géants, et même un minigolf. Si on continue sur le chemin principal, on arrive à la pointe de l'île. Et là il n'y a rien. Rien qu'une maison, la plus haute de l'île. La terrasse est en bois et elle donne sur le fleuve. Si on descend les escaliers, on arrive sur une petite plage de galets, et parfois on y trouve des fossiles…

— Ça fait combien de temps que tu n'étais pas venue, Indira ?

Une voix profonde et sans âge me fait ouvrir les yeux. Sa propriétaire, une vieille dame coiffée d'un minuscule chignon gris, descend les marches qui relient la véranda au potager. Dris recule, bredouillant un « pardon d'être entrés dans votre jardin », mais elle n'en a cure et avance vers moi à une vitesse surprenante. Son visage m'émeut.

— Annette ?

— Oh, ça me fait bien plaisir que tu te souviennes de moi, me dit la vieille dame. Qu'est-ce qui t'amène ? Bon, montez prendre le thé, on discutera au frais.

Dris, qui a toujours eu peur des vieux, acquiesce sans broncher. De toute façon, personne n'a jamais su dire non à Annette.

Après nous avoir installés dans la véranda, Annette nous sert le thé dans des tasses en porcelaine ornées de chatons en marinière.

— Est-ce que tu aimes toujours la soupe de légumes ?

Sans attendre la réponse, elle place devant nous un énorme bol de soupe épaisse, un plat tout à fait de saison.

— Ta grand-mère disait que j'allais te rendre obèse à force de te donner des bols de soupe remplis à ras bord pour le goûter. Quelle langue de vipère, celle-là !

Là-dessus, personne ne donnera tort à Annette – je suis intimement persuadée que ma grand-mère est née de l'union d'une gorgone et d'un démon. C'était une femme si mauvaise que même sa mort a été sale. Gangrène. Oui, la gangrène. Plutôt cohérent pour quelqu'un dont la conception du bien et du mal était restée bloquée au Moyen Âge.

— Annette, c'est dingue que je sois arrivée jusque chez toi. Je pensais que tout le monde était parti d'ici.

— Faut dire que tes grands-parents, ça leur coûtait trop cher d'entretenir la maison, et puis plus personne ne venait.

Dris, déconcerté par ces retrouvailles provoquées par le destin, écoute sans poser de questions.

— Tout est différent maintenant.

— Ça, c'est clair que ça a changé ! Avant, il y avait des gosses plein le stade, Ginette animait des parties de Scrabble à la guinguette et la piscine grouillait de bimbos comme ta mère. Mais lorsque la piscine a fermé et que Ginette est morte, les gens sont partis un par un. Tu as vu comme l'île est vide ? À part la grosse Claire, sa fille, et puis Jacky, qui pêche dans la Seine, le pauvre, et qui veut toujours me refourguer ses poissons pleins de métaux lourds, tout le monde a déserté. Jacky, ça le rend triste. Moi, j'aime la solitude. Toi, tu as bien grandi en tout cas. Tu as quel âge ? Au moins vingt-deux, vingt-trois ans ?

— J'ai trente ans.

— Non, c'est impossible ! Trente ans ? Et qu'est-ce que tu viens faire ici à part boire toutes mes réserves de soupe ?

— Notre car a crevé de l'autre côté de la forêt. Et le chien nous a menés jusqu'à toi.

— Ah bon, vous avez crevé ? Et ton père, il ne sait pas remplacer une roue ?

Je baisse les yeux. J'oublie parfois que tout le monde n'est pas au courant.

— Papa est mort, Annette. On part balancer ses cendres dans un trou paumé des Pyrénées avec ses amis, les miens et maman. C'est pour ça qu'on a loué un car.

Annette reste interdite.

— Ton père ? On parle bien du même bon-homme, marathonien, à peu près grand comme ça (elle place une main sur sa hanche droite), toujours en colère et nerveux comme une bavette ?

— Oui. Cancer. C'est mamie qui a dû gueuler en le voyant débarquer dans son paradis.

Ma grand-mère, que son statut d'immigrée roumaine n'empêchait pas d'être férocement raciste, avait du mal à avaler que sa fille préférée ait choisi pour époux un « paysan », selon ses termes, arguant que le problème venait du fait qu'il était pauvre, non noir. Autant dire que les repas de Noël n'étaient pas de tout repos, surtout que mon père n'a jamais su encaisser les affronts, il répondait toujours à la bêtise par la bêtise et aux « Paysan » par des « Vous n'êtes qu'une pute », donnant alors raison à ma grand-mère qui le traitait de malpoli. Inutile de préciser que si je suis bien triste qu'ils soient tous les deux morts, leur décès m'aura au moins offert la certitude de passer à l'avenir des réveillons plus civilisés.

— Je vais te dire, commence Annette, je soup-çonne ces deux-là de ne pas s'être détestés tant que ça. Quand l'état d'Agnès a commencé à se dégrader, ton père est venu la voir chaque jour avec des tup-perwares de lentilles. Un midi, je suis allée embrasser Agnès, et il était en train de lui donner la becquée. Elle est morte en ayant appris une bonne leçon ! Celui qu'elle avait tant méprisé était le seul muni d'un cœur assez grand pour l'y loger elle, une femme méchante qui lui avait mené la vie infernale.

J'ai le cœur gros. J'avais totalement sous-estimé que rendre hommage à mon père impliquerait de penser à lui. Dris nous presse :

— Mesdames, je crois qu'il va être l'heure de bouger, il est déjà tard. Ça fait deux heures qu'on est partis et on n'a aucun réseau ici. Tout le monde va s'inquiéter.

Ce rappel à l'ordre fait immédiatement retomber les effets de la nostalgie et de la marijuana.

— Annette, c'était incroyable de te retrouver ici ! T'as pas changé d'un iota.

Annette aligne à la hâte les bols de soupe dans le lave-vaisselle, et enfile des lunettes de soleil à flammes orange.

— Je vous accompagne à l'embarcadère !

Sur le chemin, je reste silencieuse, mais Annette, manifestement ravie de tâter un cubitus de jeune homme, fait la causette à son nouveau meilleur ami. Une fois à l'embarcadère, elle se souvient que le dénommé Gérard Firmin ne fait la navette que toutes les heures. Il nous reste donc une bonne trentaine de minutes à poireauter. Je propose à Dris d'attendre tranquillement à l'ombre. Moi, j'ai mieux à faire. Il n'a pas le temps de protester que je suis déjà partie, en courant cette fois.

11

Je traverse le stade à toute allure pour atteindre l'autre côté de l'île. Ça embaume de plus en plus le jasmin. Je traverse une petite forêt et je la vois. Elle se tient toujours là, à l'ombre des lilas, et elle a bien changé. Je contourne la maison pour mieux la contempler. Elle est la seule de l'île à n'avoir aucune barrière, si bien qu'on peut accéder à son jardin de toute part. Quand j'étais môme, on ne fermait jamais la porte d'entrée. Personne n'utilisait de clé, d'ailleurs, sur cette île que nous gardions secrète, de peur qu'elle ne soit découverte et envahie par d'autres que nous. D'autres comme mon père.

Sur la jetée, je retrouve, identique à mes souvenirs, le moulin à vent dont les hélices sont peintes en bleu. Il a survécu à la tempête de 1999, et à celles d'après apparemment. Fut un temps, je le regardais d'en bas, impressionnée par ses ailes d'albatros. Un coup d'œil par la baie vitrée du rez-de-chaussée m'indique que la maison est vide, les quelques meubles laissés par les derniers propriétaires sont simplement recouverts de linges brodés. La poussière a effacé ce qu'il restait de nos années ici. Je m'assois sur le perron de la Grande Joie, le nom qu'on avait donné à cette cabane plus haute que les autres, comme l'étaient sans doute les attentes de mes grands-parents pour elle.

Tout ici appartient à un espace-temps révolu. Sur ce lopin de terre oublié de tous, même de ceux qui l'ont possédé autrefois, je comprends que les minutes sont cruelles et grignotent les maisons, les chairs et la terre de la même manière. Pour une raison qui me semble à la fois incompréhensible et évidente, je remarque que, où que je sois, je finis par me réfugier dans la désolation d'une île, là où on est seul tout en étant au centre de tout. Inutile de fermer les yeux, si je regarde bien la terrasse, le perron et le balcon du dernier étage, je revois les silhouettes de ceux qui sont morts, la reine de Saba, comme les hommes appelaient ma grand-mère, recouverte de ses bijoux en or, apporter à table son fameux gigot, son époux rafistoler une barque les pieds dans l'eau, et mon père surtout, mon père l'étranger, que cette île a rendu si nostalgique de la sienne, tout faire pour oublier qu'il n'est pas au bon endroit, immigré par amour, attendant d'appartenir un jour à notre ici qui est son ailleurs. Et puis les visages fondent et les gestes coulent, et rejoignent la cave des souvenirs, ce bordel sans joie ni tristesse. Ce bordel sans épithète.

12

Dris et moi surgissons de la forêt, rassurés d'être de retour dans une dimension commune à tous. Conformément à ce que j'avais présumé, personne ne prête attention à notre come-back. Je ne me vexe pas : je sais déjà que mille outrages plus scandaleux me seront infligés au fil de ce voyage. La situation automobile du groupe a si peu évolué en deux heures et demie que c'en est navrant. Ma mère est à présent en soutien-gorge, sa chemise enroulée en turban sur sa tête, toujours à genoux en train de se débattre avec une roue de secours. À ses côtés, France, qui a abandonné la bataille, s'évente avec un prospectus « Foire au boudin, lundi 24 juillet ».

— Où on en est ? je leur demande.

— On en est nulle part, ça fait deux heures qu'on essaie d'expliquer le problème au dépanneur du bled d'à côté, mais il prétend qu'il est sur une affaire de bougies dans un camion et qu'il ne sera pas là avant une heure.

— Donc quelqu'un vient nous sauver de cet enfer.

— Oui, si on n'est pas morts de sécheresse avant !

— Et on a découvert qu'on est à mi-chemin entre Auxerre et Dijon, vers Aisey-sur-Seine, et donc que Simone s'est complètement gourée de chemin. D'ailleurs, elle brasse pas un mot de français, ajoute France en avalant un morceau de melon tiède. Et elle s'appelle pas Simone non plus. En fait, on s'est plantés de chauffeuse, et elle s'est plantée de car. Quelque chose comme ça.

J'avance vers le chantier.

— Maman, tu t'en sors ?

— Écoute, c'est pas la peine de venir traîner dans mes pattes, je m'en sors très bien. Séraphin est en train de vérifier que personne n'a chopé d'insolation. Si tout le monde survit, c'est déjà ça. Je t'avais dit qu'on aurait dû y aller en avion.

Je commence à redouter qu'elle n'ait raison. Lison, France et moi nous asseyons à quelques mètres du véhicule, histoire de contempler la scène sans l'interrompre.

Beverlance se dirige vers notre petit groupe, affublé d'une toge blanche à grelots et d'un sarouel en toile de jute.

— Alors les jeunes, comment ça va ?

Quiconque choisit de s'adresser à un groupe en commençant par « les jeunes » mérite qu'on l'ignore, mais qu'à cela ne tienne, écoutons donc Beverlance.

— Les jeunes, reprend-il sans tenir compte du désintérêt de la partie adverse, je vais lancer une séance de Jivamukti dans une dizaine de minutes pour que tout le monde se recentre un peu en attendant la dépanneuse.

— Putain je vais crever, je glisse à Lison tandis que les autres, plus prompts que moi à la politesse, acquiescent à ma surprise d'un grand sourire qui signifie « De toute façon, on n'a que ça à faire ».

Seul Jackson a la présence d'esprit de demander :

— *What is* le Jivamukti, *dear* Beverlance ?

Ravi d'avoir su piquer l'intérêt d'un être humain pour la première fois depuis le mandat de Giscard d'Estaing, Beverlance explique qu'il s'agit d'une forme de yoga complète et spirituelle créée par Sharon Gannon et David Life au début des années 1980 pour « libérer l'âme », fondée sur des mouvements d'Ashtanga et qui se pratique en musique. Les autres sont partants, à l'exception de France qui a déserté le groupe en entendant les termes « libérer l'âme ».

— Oyez, oyez, crie Beverlance, que ceux qui souhaitent se dégourdir les jambes et l'âme me rejoignent dans deux minutes.

Il entre ensuite dans l'autocar, ouvre la porte du cagibi où nos valises sont entassées et en extrait une échelle ainsi que l'énorme malle avec laquelle je me suis étonnée de le voir arriver ce matin.

— Que chacun se munisse d'une serviette de plage et monte se placer en tailleur sur le toit.

Après avoir aspergé le toit d'eau pour le rafraîchir, Jackson, Rajgul, Ludovic, ma mère (escortée par Séraphin), Dris, Lison, Marie-Laure et quelques autres se succèdent sur l'échelle, tous affublés de couvre-chefs différents pour éviter que leur cervelle ne rôtisse. Un défilé qui a de quoi faire rire les oiseaux. Les participants se divisent naturellement en deux colonnes, la largeur du car ne nous permettant pas de nous étaler davantage sans risquer la chute.

— Chers compagnons de voyage, nous sommes coincés sur cette voie et c'est sans doute un signe de l'univers. Nous faisons route ensemble, mais que connaissons-nous les uns des autres ?

Personnellement, j'estime très bien – plus qu'assez à mon goût – connaître les trois quarts des personnes réunies, à l'exception de ceux qui se sont incrustés, c'est-à-dire précisément Beverlance.

— L'univers nous a envoyé une épreuve pour tester notre capacité à la surmonter ensemble, main dans la main, afin que nous ne soyons plus qu'une seule et même entité demain, quand nous rendrons hommage à Suraj sur Mars. C'est d'ailleurs pour nous rapprocher de lui que je vous ai proposé cette activité en altitude.

Tenant toute pratique spirituelle pour la plus insolente des arnaques, je me mords la langue pour éviter de rire, d'autant que Beverlance n'est qu'à quelques centimètres de mon visage et épie joyeusement le moindre de mes mouvements.

— Nous allons démarrer par quelques mantras en sanskrit. Je vais les chanter une première fois, puis nous allons reprendre tous ensemble au son de l'harmonium.

Beverlance ouvre la malle qu'il a placée à côté de lui et en extrait un instrument que je n'ai vu qu'une seule fois, dans un temple en Inde : un sublime harmonium en acajou, dont il caresse le dos avec cérémonie. Il déploie sa soufflerie et les premières notes de musique, étonnamment envoûtantes, s'échappent de l'instrument. Il précise :

— Laissons notre ego de côté et dédions cette pratique à Suraj. Puisse-t-il, de là-haut, accueillir nos messages d'amour. Maintenant, fermez les yeux, placez les mains sur vos genoux, paumes ouvertes vers le ciel, et répétez après moi : *Lokah Samastah Sukhino Bhavantu*.

Nous assimilons les paroles autant que faire se peut puis chantons, en imitant Beverlance dans une cacophonie que je ne tenterai pas de reproduire textuellement ici afin de préserver le peu de soutenabilité qu'il nous reste à ce stade du récit. Ma voix se mêle aux timbres de stentor des amis de mon père, tout à l'arrière. Beverlance termine de faire vibrer son harmonium et reprend :

— On va poursuivre par quelques salutations au soleil et on enchaînera sur un flow d'Ashtanga. OK pour vous ?

Beverlance semble oublier qu'il n'a devant lui qu'un troupeau de novices, dont le regard bovin trahit la totale incompréhension de sa dernière phrase.

— Ne vous inquiétez pas, je vais tout vous montrer et, si vous m'y autorisez, je vais passer entre vous pour corriger vos postures. Personne ne veut se faire mal ici !

Beverlance rit tout seul, comme j'imagine qu'il le fait souvent. Il a une énergie très « végane », c'est-à-dire cet air fou des gens qui ont faim en permanence. Alors qu'il nous intime d'effectuer un « chien tête en bas », je regarde entre mes jambes comment se débrouillent les autres. Jackson tente tant bien que mal d'équilibrer ses cent vingt-cinq kilos, répandant son corps de part et d'autre de sa serviette comme on passe la serpillière. Ludovic n'arrive même pas à plier les genoux, ce qui me semble étrange pour un nageur. Ma mère a décidé qu'elle préférait faire la chandelle, et mes amis, que je soupçonne de ne s'être jamais servis de leur corps, se sont déjà tous rassis en tailleur. C'est Marie-Laure qui bat tous les records de souplesse, en effectuant un « chien tête en bas » très droit, et se courbe la seconde d'après en un cobra délassé – une chatte sur un toit brûlant. Nous prenons ensuite la posture du « guerrier n° 2 », qui demande une certaine capacité à dissocier le haut du corps du bas. Beverlance nous demande alors de travailler en binôme. Abandonnant lâchement Lison, je me propose à Ludovic. Il me sourit pour toute réponse et place ses mains sur moi. Avec précaution, il attire mes hanches vers lui et soulève mon bassin. Je sens mon fessier coller à son bas-ventre, dans une simulation de levrette qui doit, tel que je le connais, le mettre extrêmement mal à l'aise. Entre mes jambes, j'aperçois Laurent, qui forme un binôme avec ma tante Tia. Singulière collaboration. Comme s'il avait peur de la casser, il ploie avec elle dans une position étonnamment gracieuse. Il paraît que le yoga vide la tête. Personnellement, la mienne est toujours remplie d'interrogations. Alors que Laurent se relève, le menton baissé pour protéger son faciès du regard des autres, je me demande quelle tragédie se dissimule sous la toile de peau brûlée qu'il abrite de son chapeau de feutre. Les mains de Ludovic sur mon ventre m'enjoignent de cesser de réfléchir.

Ludovic a été la lubie de mon père pendant des années. Et par lubie, j'entends qu'il s'est entraîné

avec lui sans relâche dans l'optique de gravir l'Eve-
rest en 2022 et l'a convié à tous nos dîners de
famille. D'après ce que j'ai observé, Ludovic véné-
rait mon père. Bien qu'il ait plus de force physique
que lui et qu'il soit de quinze ans son cadet, il le
regardait toujours comme je n'ai jamais su le regarder. Il admirait son franc-parler, ce que je nommais,
moi, « grossièreté », son sens inné de l'aventure et
sa facilité à fédérer autour de lui. Mon père, de son
côté, trouvait que Ludovic était un sportif épatant
et appréciait sa capacité courageuse à l'envoyer sur
les roses. Courage que n'avaient pas la plupart de
ses amis, terrifiés à l'idée d'une prise de bec éven-
tuelle avec cet homme qu'il valait mieux ne pas
contrarier. Ludovic et mon père s'étaient déjà fâchés
d'ailleurs, lors d'un voyage dans l'Annapurna, pour
une raison qu'on ne m'a jamais révélée. Mais cette
zone d'ombre a été éclipsée par la dévotion dont
Ludovic a fait preuve envers mon père durant les
sept mois qui ont séparé l'annonce du cancer de son
entrée en soins palliatifs. Au cours de cette période,
Ludovic a mis sa vie privée entre parenthèses, délais-
sant son travail et ses amis pour venir dès l'ouverture
de l'hôpital et y rester jusqu'à la tombée de la nuit.
C'était lui qui m'appelait pour me prévenir que les
médecins voulaient tenter tel ou tel traitement, lui qui
me tenait au courant des allées et venues des gardes-
malades, lui qui remplissait la chambre de fleurs et
de photos de Dadi, ma grand-mère décédée dix ans
auparavant. Lui aussi qui avait déniché un vélo d'appartement sur leboncoin pour l'installer, avec l'aide
de Jackson, dans la chambre de mon père. Un jeudi

matin, je suis venue lui apporter de quoi déjeuner, les repas de la clinique ne valant pas mieux que de la mort-aux-rats. Mon père était vissé à son vélo, comme si chaque coup de pédale pouvait l'éloigner de son destin. Il tenait de son bras droit une patère au bout de laquelle était accrochée une poche remplie d'un liquide trouble.

— C'est ma nouvelle chimio, il m'a annoncé en pédalant de plus en plus vite.

Je suis restée sur le pas de la porte, les yeux rivés sur cet homme dont il était impossible, ce jour-là, de se douter qu'il serait mort dix jours plus tard.

— Si je ne bouge pas, je vais crever.

S'il avait su que le sport, cet ami qui lui avait été si cher et fidèle, qui l'avait sauvé de tout, de sa rupture et de la mort prématurée de son père, le laisserait tomber. Contrairement à Ludovic. C'est difficile à imaginer, une telle loyauté. Ludovic a toujours été là, massif et mutique, dans un coin de notre vie qu'on le laissait chaque année remplir davantage. Il faisait partie de la famille sans qu'on sache rien de lui, si ce n'est qu'il préférait le Coca à la bière et mon père à tous les autres. Il n'a jamais parlé du voyage au Népal, jamais abordé leur dispute, se contentant, à son retour, de m'envoyer quarante-deux photos de mon père et lui au sommet d'Annapurna 1.

Attendrie par le souvenir de sa loyauté, je m'abandonne encore plus à l'étreinte hélas purement sportive de Ludovic, ivre de vertige, de fatigue et d'adoration. Soudain, dans une contraction douloureuse, mon vagin expulse une matière chaude et gluante. Immédiatement, je me redresse et me tourne vers Ludovic, catastrophée. Grâce à un coup d'œil panoramique, je brosse l'assemblée pour voir si les autres ont remarqué l'incident et prendre ainsi la mesure de la gêne qu'il convient de m'infliger. Mais tous sont encore la tête en bas, pris dans un jeu dont ils ne soupçonnaient pas qu'il les délasserait tant. Ludovic, lui, a vu.

J'ai longtemps été journaliste pour un magazine féministe de renom et j'ai soigneusement œuvré à déconstruire le tabou des règles. Des articles, j'en ai pondu à la pelle, et que dire de ces comparatifs de culottes menstruelles que j'ai écrits dans l'exaspération la plus totale. D'ailleurs, en toute honnêteté, en arrivant à la rédaction, je trouvais que toutes ces féministes en faisaient quand même un peu des caisses avec leurs histoires de patriarcat.

Ayant grandi avec une mère pour qui rien n'est tabou et un père pour qui tout était secret, j'avais dû choisir entre la ligne éditoriale de mes deux parents et avais finalement opté pour celle de ma mère, me trimballant à moitié nue en toutes circonstances. D'abord parce que j'adore attirer l'attention, ensuite parce que mon 95D est ma plus grande fierté, et somme toute pour faire chier mon père. Mes collègues, empêtrées dans des corps qu'on leur avait appris à haïr, souvent marquées par les violences physiques, sexuelles, psychologiques ou les trois à la fois qu'un ancien copain ou un oncle, pour les plus malchanceuses, leur avait fait subir, ressemblaient aux filles que je détestais au lycée. Pudiques pour rien, traumatisées par tout. Je rentrais chez moi en grommelant qu'elles n'étaient que des chouineuses, conformément à ce que j'avais toujours entendu dire des femmes qui évoquaient leurs malheurs. Je me moquais d'elles auprès de mes amies, qui avaient toutes le mérite de ne jamais se plaindre de quoi que ce soit, elles.

J'avais toujours mis un point d'honneur à ne m'entourer que de gens durs, francs et au langage abrupt. En fait, je constituais une famille de gens à qui je rêvais de ressembler, précisément pour cette qualité que je trouvais si belle, celle de ne jamais s'apitoyer ni céder à la complaisance. En aucune circonstance. J'ai donc commencé ma carrière profondément misogyne sans le savoir, prenant les témoignages de mes collègues pour des gages de faiblesse. Après tout, moi aussi j'avais connu la violence, les perfidies et les mains de l'homme au chapeau comme une cheminée. Mais m'en étais-je servie pour me façonner une identité ? Et je me trouvais courageuse de m'être construite comme une guerrière silencieuse et non comme une victime.

Ma boss m'avait recrutée parce que j'étais différente des autres journalistes de l'équipe. Elle pensait que je pourrais secouer un peu mes collègues, les faire sortir de leur zone de confort. Finalement, ce sont elles qui m'ont fait sortir de la mienne, me faisant gober la fameuse pilule rouge, celle qui vous fait voir clair. En six ans de journalisme au sein de ce magazine, j'ai écrit des centaines d'articles racontant ma lente déconstruction, de misogyne à féministe convaincue. Et pourtant, à ce moment précis, sur le toit d'un autocar jaune poussin, j'ai honte d'être une femme menstruée. Parce que ce sang qui coule le long de mes jambes me donne l'impression d'être

poisseuse, presque impure, aux yeux de tous, et surtout aux yeux du glorieux Ludovic. Ce dernier, qui
éprouve ma gêne, me désigne l'échelle.

— Indira a un coup de chaud, je l'accompagne se
mettre à l'ombre.

Personne ne fait attention à nous. Apparemment,
le yoga, ça fonctionne. Je descends de l'échelle, et
regarde autour de moi. Les réfractaires à l'activité
physique, dont ma fausse mère, sont assis dans l'herbe
et s'éventent. Ludovic me rejoint en bas, glisse une
main sous mes genoux, l'autre sous mes épaules, et me
soulève.

— J'ai mes règles, pas une fracture ouverte du
tibia !

— Pardon, je voulais t'aider.

— Ça fait vingt ans que je gère mes règles, je pense
que ça va aller, je lui réponds sèchement, alors qu'en
réalité je trouve son inquiétude tout à fait envoûtante.
Tu peux aller chercher une serviette hygiénique dans
mon sac blanc ? Et aussi, prends-moi n'importe
quelle jupe que tu trouveras.

— Oui, bien sûr, je fonce te chercher ça !

Pendant que Ludovic vole à mon secours, j'enlève
mon pantalon, plus embarrassée d'avoir eu honte
que d'avoir saigné devant lui. J'aimerais revenir en
arrière, crier : « Oui, j'ai mes règles, putain ! » et
brandir mon pantalon en coton taché en guise de
trophée devant les amis de mon père. Mais je n'en
ferai rien, parce que ça n'aurait aucun sens et surtout parce que personne n'a rien remarqué. Ludovic
revient en courant et me tend une serviette avec plus

de fébrilité qu'un adolescent qui vendrait sa première barrette de shit.

— Tu as mal ? Ta mère m'a dit que tu avais des problèmes de trompes de Fallope.

— Putain, elle peut vraiment pas s'empêcher de raconter ma vie à tout le monde, celle-là.

— Je sais plus trop comment c'est venu dans la conversation. À la base, elle m'appelait juste pour me demander si je voulais récupérer le Cannondale de ton père.

Le Cannondale rouge, c'était son vélo préféré. Le plus vieux qu'il possédait. Celui que ma mère lui avait offert pour leur premier anniversaire de mariage. Il le nettoyait religieusement après chaque utilisation, et en caressait l'arrière comme s'il s'agissait de la croupe d'une maîtresse.

— Ah ouais, OK. Et tu lui as dit quoi ?

— Que je voulais être sûr que toi tu n'en voulais pas.

— Qu'est-ce que tu veux que je fasse d'un vélo de course ? Je vais au travail en métro comme une personne normale !

— Je sais pas moi, ça pourrait être symbolique. Ton père y tenait autant qu'à la prunelle de ses yeux.

— Ça, je sais bien. J'en ai presque pleuré parfois. C'est ridicule, hein ? Être jalouse d'un vélo.

— Ton père était un homme compliqué, je peux comprendre que tu te sois sentie délaissée parfois.

Il marque un temps de pause.

— Mais crois-moi, tu étais sa raison de vivre.

Ludovic s'assoit. Je me cache derrière un arbre pour scotcher la serviette au fond de ma culotte et enfiler la jupe qu'il m'a choisie. Je m'installe à côté de lui et lui jette un regard, furtif, pour éviter qu'il ne s'en rende compte. De toute façon, rien ne pourrait le dérober à sa concentration et sa tempérance habituelles. Il a les yeux rivés sur l'autocar. Le troupeau qui s'agite sur le toit n'a rien à envier aux pièces de théâtre contemporain qui passent chaque soir à l'Odéon. L'air est saturé de pollen et la chaleur si épaisse que je peux la sentir masser mes poumons. Étonnamment, après la crise des pneus et depuis que les voyageurs se sont résignés, il règne dans notre petite troupe une atmosphère de paix. Seule la conductrice continue de s'agiter vainement autour du véhicule. Plus personne ne songe à la herse, ni à l'origine de sa présence au beau milieu de la route. Nous avons accepté l'immobilité et en profitons avec ce qui s'apparenterait presque à du plaisir. Ou à de la paresse. Beverlance change de position. Ses élèves se mettent en tailleur. Je plisse les yeux pour chasser le soleil et observer la scène clairement. Beverlance s'empare de son gros harmonium. Le son qui s'en dégage me rappelle les musiques qu'écoutait ma grand-mère à Port-Louis, dans la maison d'enfance de mon père, lorsqu'elle faisait le ménage. Pour nettoyer les sols, ma Dadi (c'est ainsi qu'on appelle les grands-mères à l'île Maurice) chaussait toujours ses « souliers-coco », des tongs scotchées à des demi-noix de coco sous lesquelles elle avait collé de longs tissus en éponge. De temps en temps, quand je me tirais du lit suffisamment tôt pendant mes vacances mauriciennes – ma grand-mère ne se levait jamais après 5 heures du matin –, je la regardais se préparer puis l'accompagnais en bas de la rue Gravier, où le temple du quartier accueillait les habitants les plus pieux. Au préalable, elle prenait soin de défaire la longue tresse qu'elle se faisait pour dormir. Ses cheveux blancs avaient un éclat presque argenté, et je trouvais que, dans la lumière de sa petite chambre au sol rouge dont la fenêtre unique donnait sur la cuisine extérieure et le jardin sec, elle ressemblait un peu à Gandalf. Impossible de le lui dire, car elle n'avait jamais vu *Le Seigneur des Anneaux*, ni aucun blockbuster américain d'ailleurs. À la télé, elle ne regardait qu'un seul feuilleton, où des divinités indiennes gigotaient sur des fonds verts. Même ses divertissements racontaient sa piété.

Les vibrations de l'harmonium opèrent aujourd'hui tel un miracle, et mon bas-ventre se gonfle. La musique pénètre ma vessie, mes ovaires, mon utérus, et j'ai presque l'impression d'être dans l'océan Indien, au fond du lagon de ma Pointe d'Esny. Je ferme les yeux très fort, emprisonnant des éclats de soleil, des morceaux de car et d'harmonium sous mes paupières, et convoque le souvenir de mon île.

Ludovic sort d'une sacoche Eastpak un vieux discman. Quel âge a-t-il, bon sang ? Il appuie sur un bouton et la bouche fendue de l'appareil s'ouvre. Il lui offre un CD, que le discman avale sans demander son reste.

— Qu'est-ce que t'écoutes ?

— J'ai qu'un disque. C'est ton père qui me l'a offert. « Holding Out for a Hero » de Bonnie Tyler.

— T'écoutes Bonnie Tyler au premier degré ? je lui demande, consciente que mon ahurissement est susceptible de le vexer.

Mais Ludovic ne se renfrogne pas aussi facilement.

— C'est mon petit côté romantique !

— Ton petit côté kitsch surtout, mais je comprends mieux d'où te vient ta coupe de cheveux.

— En fait, ton père avait retrouvé ce vieux discman avant de partir au Népal. On a écouté ce single en boucle pendant toutes les vacances. Et ça m'est resté depuis.

Je reste silencieuse. Depuis notre départ, tout le monde tient absolument à me parler de mon père. La réalité, c'est que j'aimerais bien discuter d'autre chose. Ou ne pas discuter et plutôt tripoter l'entre-jambe de Ludovic. Son air distant m'indique pourtant que je peux toujours rêver. Au lieu de me rendre mes œillades énamourées, il me tend un vieil écouteur crasseux. J'hésite car la perspective d'introduire un peu du cérumen d'autrui – même l'objet de tous mes désirs – dans mes propres pavillons ne m'enchante à aucun niveau. Mais je n'ai rien d'autre à faire et tous mes amis sont occupés à remercier Beverlance à grand renfort d'accolades transpirantes. Bonnie Tyler ne tarde pas à crier de toute son âme. En fait, j'aime bien. Ma mère descend, coiffée de son chapeau à plumes, exactement au même rythme que la chanson. Je rigole et la désigne à Ludovic, qui sourit à pleines dents. Je crois que je ne l'ai jamais vu rire. J'avais décidé de ne pas le faire mais voilà, je pense à mon père.

Quand on perd un proche, quelque chose d'étrange se produit. Au début, la dimension toute fraîche du deuil envahit le quotidien. L'entourage parle du défunt, les collègues nous bichonnent, bref, on devient le centre du monde, et on finit par aimer ça. C'est un peu infect quand on y pense, mais la mort est une bonne excuse, sinon la seule, pour être plus égoïste que d'ordinaire. Et puis d'un coup, plus rien. Le monde estime qu'on a eu suffisamment de temps pour s'en remettre. Et on comprend que la compassion ne dure qu'un temps, tout comme l'intérêt des autres à notre égard, et qu'on mourra seul. Amusant, non ? Et puis le temps passe. On oublie pourquoi on est triste. On traîne son deuil jusqu'à ce que, un jour, ça fasse moins mal. À ce moment-là, on pense moins au défunt qu'au nouveau restaurant corse où on ira dîner le soir. Avec les jours et les mois, on n'y pense presque plus, parce que notre cerveau a fait son travail et basculé en mode survie. Et puis on n'y pense plus. Du tout. Jusqu'à ce que, un matin ou une après-midi, on doive se rendre à un entretien professionnel à l'autre bout de Paris et que, sans crier gare, on tombe sur la terrasse de café où notre proche mangeait chaque matin son chausson aux pommes. Et alors on s'effondre. C'est l'effet que me fait Bonnie Tyler. Celui aussi que me font Ludovic, Jackson et tous ceux que mon père a aimés. Comment expliquer, alors, que je n'aie toujours pas versé la moindre larme ? Je m'allonge. Presque aussitôt, je m'endors.

13

Quand je me réveille, il est 16 heures, et Ludovic n'est plus à côté de moi. Sur la route, une dépanneuse, avec un type au front panoramique dont les cheveux n'ont poussé qu'au centre de sa tête, accapare l'attention. Les autres attendent à ses côtés, en rang d'oignons. La Cène. Avec plus de gens. Je m'approche, Lison m'informe que la herse a endommagé plusieurs pièces, il va falloir un peu de temps pour réparer l'engin. Gilles, notre dépanneur, nous indique qu'il vaut mieux passer la soirée, et pourquoi pas la nuit, à l'auberge du village d'à côté. Après une brève concertation, et puisque tout le monde est en week-end, nous décidons de prolonger le périple en passant une nuit ici. Gilles propose d'emmener l'autocar avec sa dépanneuse jusqu'à son garage, pendant qu'Yves, son frère, viendra nous chercher en tracteur et fera des allers-retours jusqu'à l'auberge. Ma mère a du mal à cacher son exaspération. France passe son bras sur mes épaules en un geste protecteur.

— T'en fais pas, la gosse, on repartira demain. On va prendre l'apéro, dîner, et hop, demain on se lève tôt !

— Oui, sans doute.

Tandis que je consacre l'intégralité de mes forces vives à rêver d'une bouteille d'eau fraîche, ma mère supervise les départs en tracteur. J'ai honte de la laisser prendre en main l'organisation alors que j'étais censée m'occuper de tout. D'un baiser sur la joue, elle me rassure. Elle a beau être un peu dure, comme il faut l'être quand on a été mariée pendant plus de vingt ans à un casse-pieds, elle n'en demeure pas moins une mère poule qui se sacrifierait six cents fois pour sa fille unique. Personne n'a l'air de m'en vouloir pour cette péripétie, à part Séraphin qui tire la tronche – probablement parce que personne n'a chopé d'insolation et qu'il ne sert donc à rien. Les amis de mon père embarqueront en dernier, par galanterie. Lison, France, Dris et moi partons par le premier voyage en tracteur. Yves, plus charmant que son frère, en tout cas plus chevelu, nous fait la conversation. J'émerge de ma sieste et recouvre un semblant de bonne humeur. Après tout, passer la nuit dans une auberge me permettra peut-être de me rapprocher du glorieux Ludovic. Lison et France rigolent aux blagues de Dris. Les voir si souriants me réchauffe le moral. Ce voyage ne sera peut-être pas vain, finalement. Le trajet est court jusqu'à l'auberge des Collines, qui repose entre deux vallées où paissent des vaches. Abrité par de grands arbres, Dris nous précise que ce sont des mûriers à grandes feuilles. L'établissement, pourtant sommaire, prend des allures d'eldorado – sans doute parce que nous sortons de plusieurs heures de route sous quarante degrés. Un panneau peint à la main indique : « La cuisine est le cœur d'un restaurant, le client, son âme. »

J'entre par la grande porte couleur terre battue, suivie de mon petit groupe. À l'intérieur, le temps s'est figé dans les années 1950. La réception ressemble à un hôtel cubain, éclatante de couleurs primaires, de vieux panneaux de routes du monde entier, et le bar central est recouvert de carreaux bleu céruléen. Au-dessus, des racks de verres à bière et à vin, et quelques bouteilles de whisky tourbé et de Get 27.

— Eh ben c'est pas trop dégueu finalement, lance France pour tout commentaire.

Moi, j'ai envie de me masturber, comme chaque fois que je suis moralement épuisée, et la proximité d'une chambre m'empêche de penser à quoi que ce soit d'autre. Une grande dame toute maigre, dont le nez ressemble au mien par ses deux kilomètres de long, nous accueille avec un chaleureux « Bonjour » teinté d'accent hispanique. Elle pourrait avoir vingt-huit ans comme cinquante-deux. En voyant Dris, elle roucoule quelques « Bienvenue » dont les « u » se transforment en « ou ».

— *¿Es usted española?* lui demande France avec un accent français à couper au couteau.

— *Soy cubana*, répond en battant des cils celle qui dit s'appeler Maray.

Dris, qui aime les femmes plus encore que les arbres, revêt immédiatement son air charmeur qui me désespère. Bien que nous nous soyons séparés à mon initiative, j'ai du mal à le voir faire des avances, si légères soient-elles, à d'autres femmes. Pourtant, je n'arrive pas à détester notre hôtesse, et me donne pour mission d'y parvenir avant notre départ. Lison lui précise que nous serons vingt-quatre en tout et Maray se tient le cœur.

— Reinier et moi n'avons que dix chambres !

Lison s'empresse de la rassurer : nous n'aurons qu'à être deux, voire trois par chambre. Ma mère, suivie de Séraphin, fait irruption.

— Je vais prendre une chambre avec ma fille, chante-t-elle.

Tant pis pour la paluche. Tant pis pour mes nerfs. Maray nous distribue les clés. Ma mère et moi écopons de la chambre 12, tout au fond du couloir du premier étage. D'un coup d'œil jeté aux autres pièces, je constate que chacune a sa propre identité. La nôtre a des côtés hôtel de bord de mer avec du bois peint en blanc et des coquillages en guise de tête de lit. Tout est parfaitement propre. On se croirait à des centaines de kilomètres de là où nous sommes. En même temps, je ne sais pas vraiment où nous sommes. Rappel : 4/20 au bac d'histoire-géo.

La chambre jouxtant la nôtre ressemble à un bordel chinois avec des plafonniers rouges, des pampilles aux rideaux et des draps en satin. Drôle d'idée. Quant à celle de Dris, elle est entièrement vert anis – comme les infâmes rideaux qu'il a déjà chez lui, et qu'il a toujours refusé de décrocher. Ma mère se déshabille en fredonnant « Vancouver », la chanson de son idole : Véronique Sanson.

Quand elle enlève son soutien-gorge, je constate que rien n'a bougé depuis la dernière fois que je l'ai vue nue. Sa poitrine se tient toujours haut, son ventre s'est certes affaissé, mais ses fesses et ses cuisses sont mille fois plus fermes que les miennes, probablement grâce à sa pratique quotidienne du mini-trampoline. Je la contemple se contemplant dans le miroir depuis mon lit. Je la trouve belle à en mourir. Plus belle que Maray. Plus belle que moi. Je me demande si les hommes me regardent comme ils la regardent. À côté, les filles rient et se sèchent les cheveux. Ma mère est sous la douche quand j'entends le tracteur revenir. Par la fenêtre, je vois Ludovic, accompagné de Jackson et du reste des amis de mon père, dont certains ont choisi de courir derrière l'engin plutôt que d'y voyager assis comme des faibles. Ils ne peuvent décidément pas s'en empêcher.

Ma mère me parle depuis la salle de bains mais je ne l'écoute pas. Souvent, je n'écoute pas. Moins par désintérêt que par incapacité à enregistrer trop d'informations en peu de temps. Je flotte dans mon monde intérieur. Quand j'étais petite, elle pensait que j'étais autiste, mon père soutenait que les autistes n'existaient pas. Qu'il n'existait que des gens trop malpolis pour se donner la peine de paraître intéressés et sociables. Finalement, je suis tout ce qu'il y a de plus neurotypique. Et quand ma mère a cessé de mettre mes rêveries sur le compte de mon autisme supposé, elle les a mises sur celui de mon signe astrologique.

En sortant de la douche, elle est déjà fardée de son ombre à paupières violette et de son blush trop rose pour sa carnation. J'ai beau le lui dire, elle ne veut rien entendre. Ma mère, avec son brushing parfaitement rebiqué, me cède la place. Je passe sur tout mon corps une fleur de bain couleur beurre frais en faisant mousser le savon à l'orchidée. Je frotte fort et observe la crasse tourbillonner avant de disparaître dans le siphon. Ensuite, je presse la fleur sur mon clitoris et la fais rouler vers ma vessie, puis recommence plus rapidement et dans le sens inverse.

Dans mon lit à la place de ma mère, j'imagine Ludovic qui me regarde me caresser, les joues rouges de désir mais en se contenant, parce qu'il est timide et que je l'impressionne. Au lieu de me toucher, il fait craquer nerveusement ses doigts et rejette sa mèche grisonnante derrière ses oreilles. Je m'approche de lui et il me demande d'arrêter, parce que ce n'est pas correct, parce que je suis si jeune et lui si vieux. Parce que notre union physique viendrait trahir mes convictions à moi, consciente que mon désir est le fruit d'une construction sociale patriarcale. Son souffle sent le Coca aigre. Je respire sa peau, enfouis mon nez dans les rides de ses joues et l'embrasse à pleine bouche. Je monte à califourchon sur lui et me frotte contre son pubis. Il n'émet aucune résistance et m'attrape la taille pour me retourner et se placer sur moi. Sa langue remplit ma bouche. J'aime ça.

— Tu t'es noyée ou quoi ? crie ma mère.

M'étouffant à moitié sous le jet d'eau, j'abandonne aussitôt mon opération. Pour aujourd'hui, c'est raté. Je sors de la douche. Ma mère n'est plus dans la chambre. Tout ça pour ça. Je décide que tant qu'à être bloquée ici, autant l'être de manière sensationnelle, et je sors de mon sac une robe que j'avais prise « au cas où », en soie corail à fines bretelles torsadées, et dans laquelle je ressemble à une déesse grecque. En toute humilité. Si Ludovic ne succombe pas, je ne m'appelle pas Indira. En sortant de la chambre pour descendre explorer le jardin derrière l'auberge, je croise un Dris pimpant, qui s'est lavé les cheveux et a enfilé sa chemise parme à petits pois. Je le déteste. Je sais que cette chemise, celle des grands soirs, indique qu'il compte flirter avec Maray. Dans le jardin, France, Lison, Jackson, Séraphin et ma mère sont en train de se débattre avec une carte routière.

— Vous avez entendu parler d'Internet ?

— Ma pauvre gosse, si tu crois qu'on capte dans ce bled, je me fais du souci pour tes capacités cognitives, me répond France avec toute l'attention maternelle que je lui connais.

Je consulte mon téléphone, dont j'avais oublié l'existence. Aucun réseau, en effet. Ludovic s'éloigne du groupe et s'assoit au beau milieu d'un carré de fleurs. Il me rappelle ces types qui prennent la pose dans des champs de jonquilles sur OkCupid – site de rencontres où j'ai croisé Dris pas plus tard que la semaine dernière. Reinier, le mari de Maray, débarque un râteau en main.

— Est-ce que je peux vous aider ? Ma femme m'a dit que vous aviez crevé !

Ma mère lui tend la carte, et s'enquiert du chemin le plus simple pour rejoindre l'autoroute, direction Toulouse. Elle lui précise qu'on a crevé non loin, à cause d'un « machin à piques » qu'elle décrit dans son jargon à elle – la légende raconte que, contrairement à moi, ma mère possède son permis, mais cette histoire est à peu près aussi authentifiée que celle du Projet Blair Witch. Reinier fait les gros yeux.

— Vous êtes allés traîner du côté des Bréchard ?

L'assemblée reste silencieuse.

— Mais faut pas aller par là-bas, malheureux que vous êtes !

14

D'après ce que nous raconte ensuite l'époux de Maray, cette route sépare les deux moitiés d'un terrain qui appartient à deux frères ennemis : Pierre et Germain Bréchard. Le premier avait épousé une dénommée Roxane en 1992, l'année de ma naissance, qu'il avait rencontrée sur un marché. Ensemble, ils eurent deux enfants qui sont des femmes aujourd'hui. Une fois marié, Pierre cessa de travailler et délégua l'entretien des champs à sa femme. Celle-ci passa dès lors ses semaines et ses week-ends à pallier la fainéantise de son mari, tandis que lui dépensait tout son argent dans des jeux télé. Roxane, épuisée par sa nouvelle vie d'agricultrice – à laquelle il lui semblait avoir consenti sans en comprendre les enjeux, c'est-à-dire qu'elle n'y avait pas consenti – et par la solitude des journées dans les champs, s'évanouit un jour en plein soleil. Le frère de Pierre, un policier à la retraite, la retrouva dans l'orge et l'emmena chez le médecin, qui le mit en garde : Roxane était au bord du burn-out. Germain, inquiet, lui proposa son aide à la ferme, sachant de toute façon que son frère ne décollerait jamais de son canapé, même au prix de la santé de sa femme. Une journée dans le champ en entraînant une autre, et Germain comme Roxane se sentant délaissés par leurs partenaires respectifs, ils se mirent à coucher ensemble. D'abord timidement, puis avec de plus en plus d'assurance, leurs ébats se teintant bientôt de ce qu'ils décrivirent eux-mêmes comme de l'amour.

Roxane tomba enceinte, et son mari, avec qui elle n'avait plus aucun rapport physique depuis des années, comprit tout de suite que l'enfant était le fruit d'une relation extraconjugale. Il ne lui fallut pas longtemps pour réunir les preuves que sa femme se tapait son frère. Pierre, non content d'être le pire des fainéants en plus d'être un homme jaloux et colérique, ne supportait pas qu'on vienne troubler ce qu'il considérait comme un parfait équilibre marital. Ainsi, il frappa sa femme, plutôt deux fois qu'une, jusqu'à ce qu'elle prenne la fuite. Lorsqu'elle alla chercher refuge chez son amant, Germain, celui-ci la mit à la porte. Lui aussi était marié, à une très jeune femme qu'il comptait bien mettre en cloque une bonne dizaine de fois. La grossesse de sa maîtresse était donc un caillou dans sa chaussure dont il se débarrassa sans ménagement. Roxane, seule et désespérée, se jeta du pont du village, qu'on appelle depuis le « pont aux soupirs ».

Elle fut retrouvée morte le lendemain matin. Son bébé était mort avec elle. Depuis, les frères s'accusent mutuellement d'avoir tué celle qu'ils prétendent avoir aimée et se mènent une guerre sans merci en sabotant leurs équipements agricoles respectifs, Germain ayant entrepris de rendre une retraite plus fructueuse en devenant éleveur porcin. La route par laquelle nous étions passés était celle qui tranchait leur fief en deux, et faisait office de terrain miné.

Reinier, qui avait commencé son histoire avec toute la jovialité contredite par sa carrure d'ours, a obscurci sa voix au fil du récit. Il se racle maintenant la gorge et nous n'avons pas besoin de nous concerter pour comprendre qu'il n'a pas terminé.

— La pauvre Roxane, susurre-t-il en secouant la tête de gauche à droite.

Il retire sa gavroche. Son teint, que j'imagine déjà naturellement rougeâtre, s'empourpre encore davantage. Il baisse la voix et poursuit :

— Je veux pas vous effrayer ! Oh là là ! Maray me tuerait si elle savait que je vous ai raconté ça…

— Quoi donc ? je lui demande, curieuse.

— Depuis que Roxane est morte, ce qui fera trois ans cet été, plein d'événements étranges se sont produits dans le village. La nuit, les habitants se plaignent de se sentir épiés. Les portes claquent, les enfants hurlent et disent voir « une femme mouillée » veiller sur eux la nuit. Il n'est pas rare non plus que des camionneurs envoient leur engin dans un arbre et, quand ils survivent, ils affirment avoir vu une femme se transformer en flaque d'eau en plein milieu de la route. On dit de Roxane qu'elle s'est donné pour mission de trucider les hommes violents, de protéger les femmes en danger et de veiller sur les enfants.

Je souris jaune. Normalement, les faits divers et les légendes villageoises fascinent la férue de films d'horreur que je suis, mais l'histoire de la pauvre Roxane, victime de la paresse, de la violence et de la lâcheté des hommes, n'est pas de celles que j'aime raconter. Le soir est déjà là, et j'ai l'impression que cette journée n'était qu'un rêve de coton. Sûrement à cause des joints avec Dris. Les heures sont passées à toute allure, et j'ai toujours peine à croire que nous arriverons un jour à destination.

15

À l'auberge des Collines, Maray est aux fourneaux. Reinier, qui ne la laisse jamais passer sans lui témoigner son affection par une caresse ou un baiser, s'est chargé de dresser la table sous les mûriers.

Le jardin sent la terre humide. Les amis de mon père s'attablent face aux collines qui ressemblent à un fond d'écran Windows. Jackson est tout à côté de moi. Au menu : salade de tomates et de brugnons du jardin suivie d'un *picadillo*, dont personne n'ose demander de quoi il s'agit. Jackson prie la belle Cubaine de nous apporter les bières, qu'il a pris l'initiative de mettre au congélateur il y a dix minutes.

— *We will drink some frozen beer* pour Suraj !

Je lui souris. J'aime la présence de Jackson, tiède et rassurante. D'ailleurs, c'est lui que j'avais supplié de m'emmener passer mon oral de bac d'allemand à l'autre bout du 92. Il avait plaqué travail, femme et enfants pour m'y conduire, avait attendu la fin de l'examen, puis m'avait offert un petit déjeuner dans un café allemand. Nous ne nous étions rien dit. De toute façon, on ne se parle jamais, Jackson et moi, mais ça nous va très bien.

Maray apporte le premier plat, qui ne met que quelques secondes à être englouti par Lison, dont la capacité de manger deux fois plus vite que le reste de l'humanité ne cessera jamais de m'impressionner. Ma mère découpe ses tomates en tout petits morceaux pour faciliter sa digestion, comme elle l'a appris en regardant des vidéos YouTube. Rajgul laisse la moitié des fruits dans son assiette, et je comprends mieux pourquoi il est si chétif. Rajgul est le seul ami mauricien de mon père. Aucun des deux ne parlait jamais du pays qu'ils avaient laissé derrière eux. Quand j'étais au lycée, mon établissement comptait deux autres élèves mauriciens, qui m'avaient raconté que leurs parents organisaient tous les week-ends des dîners, des apéros ou des balades avec d'autres gens « comme eux ». Ce genre de rituels constituait précisément la hantise suprême de mon père, qui n'avait qu'un objectif en arrivant ici : être plus français que les Français. Et pour être français, il convenait de s'habiller comme un Français – pour peu que ça veuille dire quelque chose –, de parler comme un Français en supprimant toute trace d'accent, et de ne fréquenter que des Français. Mon père et Rajgul y sont parvenus sans difficulté, bien que cet effort permanent pour effacer les preuves de leur appartenance à un ailleurs, dont personne ne parvenait jamais à distinguer l'origine, leur ait souvent donné le mal du pays. Mais pas question d'en parler. On n'évoquait pas l'hiver mauricien où les serins, plus blonds encore sous la lumière d'août, rasaient la mer et où les frangipaniers inondaient le jardin de la maison de la rue Gravier d'une odeur vanillée. On n'évoquait pas ces moments où mon père se roulait par terre sur les courts de tennis entre chaque coup, pour narguer ses adversaires, ni ses allers-retours en dos crawlé jusqu'à la barrière de corail. On ne parlait jamais de la famille restée là-bas, si bien qu'elle ne semblait plus être la nôtre. Rajgul ne parlait pas non plus de son ancienne boutique de peinture, où il stockait des pots qui dégoulinaient un peu et qu'il avait cédée à son neveu. Mon père et Rajgul avaient troqué leurs shorts longs en coton et leurs débardeurs hérités de leurs grands frères contre des chemises blanches à rayures bleues et des Levi's bien coupés. Leurs femmes étaient blanches, et leurs enfants avaient des cheveux châtains. Ils parlaient de rejoindre Honfleur à vélo et de passer un week-end à Aix-en-Provence. Et pourtant, toute occasion était bonne à saisir, lors des grandes colères de mon père, pour rappeler à sa femme et sa fille qu'elles n'étaient pas faites du même bois.

Rajgul saisit une bouteille de Leffe et se lève en murmurant « À Suraj ». Le reste de l'assemblée se lève aussi et répète en chœur « À Suraj ». Maray et Reinier, qui se sont assis avec nous, font de même. Personne ne mentionne l'incident de car. Comme si ce modeste eldorado, adossé aux collines, servait de rempart aux soucis et encourageait la joie seule. Quand le plat principal arrive, les bouteilles de bière sont vides, et Jackson s'en émeut :

— *Seven hells* ! *No more* bière ? *Does anyone know if* il en reste ? *I can feel my throat* se dessécher !

Reinier, passablement perturbé par le vocabulaire composite de Jackson mais résolu à faire preuve d'un professionnalisme sans faille, prend les devants.

— Je m'en occupe. Et ne vous inquiétez pas, je les ai bien mises au congélateur quelques minutes.

Sa sollicitude a le bon goût de la sincérité et je décide d'apprécier ce personnage, en dépit de son t-shirt « Tu veux frôler la perfection ? Passe à côté de moi ». Le soleil tombe sur les collines quand Laurent descend à pas de loup et se joint à l'assemblée sans que personne prête attention à lui. Personne sauf moi, bien sûr, qui réprime un frisson sitôt qu'il entre dans mon champ de vision. Laurent saisit une chaise solitaire, hésite à la déplacer près des sportifs, pour finalement s'installer contre un mur en crépi non loin de Blanche, la fille de Marie-Laure. L'adolescente, magnanime, lui adresse un sourire en beurrant un morceau de pain. Puis, sans hésitation, elle pose sa tête ronde sur l'épaule du géant au chapeau, qui s'immobilise comme s'il n'avait jamais éprouvé de contact humain. Un animal qui fait le mort. La main pleine de miettes, Blanche caresse l'un des morceaux de peau claire qui dessine l'étrange patchwork du visage de son nouvel ami. Laurent repousse d'abord le bras de Blanche, puis cède et la laisse visiter son continent de chair à la dérive. Marie-Laure, assise auprès de sa fille, la couve d'un regard fier. Elle n'est pas sans se rendre compte que l'adolescente est la seule ici à disposer d'un cœur assez grand pour faire fi de l'étrangeté de son confident. Elle a peut-être raté l'éducation de ses premières gamines, mais avec sa cadette, nul doute qu'elle a fait du bon boulot.

L'alcool glisse dans les gosiers et invite les voyageurs à se mêler les uns aux autres. France discute avec Séraphin, et je soupçonne qu'elle ne fasse mine de s'intéresser à ce qu'il raconte que pour se moquer de lui. Ludovic, à l'autre bout de la table, écoute sans piper mot la conversation de ma mère et de Marie-Laure. Je suis déçue qu'il se soit installé si loin. Jackson se lève pour lui offrir une accolade. Tous les deux s'en vont à la cuisine en papotant et reviennent avec de nouvelles bières et du Coca. C'est drôle, ces deux taiseux deviennent ensemble de vraies pipelettes, comme si l'addition de leurs mutismes annulait leur silence. Le siège à côté de moi est libre. Rajgul vient s'y asseoir.

— Comment tu vas ?

— Mieux depuis qu'on est ici. Et toi ?

— Je suis heureux. Tu as eu une bonne idée en rassemblant les proches de ton père.

— Ouais mais c'est la merde l'orga. Je sais pas si on arrivera un jour à destination. Et j'avais prévu qu'on disperse les cendres de papa demain matin. Tiens, d'ailleurs j'ai oublié d'annuler l'Airbnb que j'avais loué pour ce soir dans les Pyrénées, je vais avoir trois cents balles dans le cul.

Rajgul étouffe un rire gêné. Ses enfants à lui ne disent jamais « merde ».

— Peut-être que tu pourras te faire rembourser.

— Peu importe.

Le siège à la gauche de Rajgul se libère également et ma tante Tia s'installe entre nous. Un peu bourrée, elle me caresse le visage d'une main – de l'autre, elle tient l'urne de mon père qui d'ailleurs n'en est pas une. L'urne véritable, avec la moitié de mon père à l'intérieur, a été emportée à Maurice par mon oncle

Didi, pour que la famille restée sur l'île puisse disperser une partie de ses cendres là-bas. Nous, on n'avait rien qui ressemblait à une urne. Alors ma mère a enfermé ce qui reste de mon père dans une mallette de backgammon, jeu qu'elle pratique tous les mercredis soir au club de bridge de Levallois-Perret, où il est apparemment permis de jouer à tout sauf au bridge. « Papa n'aurait pas aimé », lui ai-je signalé lors de l'annonce de son choix de contenant. « Ton père aurait eu grand besoin de se faire un peu secouer le porte-monnaie au casino », m'a-t-elle répliqué.

— *Good girl*, c'est bien que tu aies organisé ce voyage pour ton père.

J'ai envie de leur dire de me laisser tranquille et que ce voyage est raté, parce que l'autodépréciation est mon mécanisme de défense favori, mais je n'en fais rien. Ma tante répète « *Good girl!* ». À l'île Maurice, les femmes sont aussi maternelles avec leurs enfants qu'avec ceux de leurs proches. Personnellement, je trouve « *Good girl* » tout à fait infantilisant, voire un poil misogyne, mais ma tante n'en a cure. Tia a la tronche de mon père. Le même ovale du visage, le même nez en forme de gressin torsadé, les mêmes yeux comme des gouttes horizontales, sauf que ma tante porte ses cheveux blancs au carré et que ses taches de rousseur dessinent une voie lactée sur sa peau presque noire. Contrairement à Rajgul, dont le rêve pas si secret est d'être blanc, Tia parle de son île de façon obsessionnelle. Bien qu'elle vive désormais à Vancouver, elle n'a jamais oublié d'où elle vient, a conservé son accent, son franglais, et cuisine des chapatis tous les soirs pour ses deux grands garçons qui n'ont toujours pas quitté le nid. Je me demande si les hommes sont plus susceptibles d'embrasser le complexe de l'étranger. Et puis je me souviens que moi aussi, qui suis pourtant née en France, j'ai longtemps été complexée de n'être pas blanche, d'avoir les cheveux foncés, la peau tannée et le nez plongeant.

Tia sort de sa poche de blouson son téléphone dernière génération, qu'elle se vante d'avoir acheté moitié prix sur un site de portables reconditionnés. Rajgul feint de s'y intéresser. Lison me demande si je ne m'ennuie pas trop. Elle se soucie des autres, et particulièrement de moi. Tia en profite pour l'alpaguer. Ma tante porte Lison dans son cœur depuis que cette dernière les a invités, elle et mon père, quelques mois avant qu'il ne meure, dans sa maison de Pléneuf-Val-André où je passe toujours deux semaines en été. Cette année-là, j'étais partie un mois en Thaïlande avec Dris, et Lison et son père s'étaient proposé d'emmener ma famille en vacances. À cette époque, mon père sortait d'une nouvelle chimio, et on était persuadés qu'il vivrait. Il avait nagé des kilomètres, séché Lison à la course à pied et mangé des bulots. Il était serein, heureux et reconnaissant. Ça n'a pas suffi. Lison s'accroupit à côté de nous et sort une cigarette de son étui en plastique imprimé liberty. Elle m'en tend une, en coince une autre entre ses dents. Elle fait crisser la roulette de son briquet. Il y a peu de choses que j'aime autant que le bruit d'une cigarette à l'instant où elle s'embrase. L'odeur du papier qui brûle. Juste une seconde, avant que je ne commence à fumer à proprement parler, ce après quoi je suis aussitôt parfaitement dégoûtée. Tia cherche dans son téléphone et le tend à Lison.

— Regardez, c'est Ashwin, mon mari.

Par-dessus l'épaule de Tia, Lison jette un œil sur la photo et se décompose.

— Même mort il était beau, tu trouves pas ?

Rajgul détourne la tête. Sans doute parce qu'il la trouve impudique. Lison et moi regardons maintenant de concert la photo : Ashwin, que je n'ai jamais connu, repose dans son cercueil avec un smoking trop grand et un nœud papillon rouge. Son teint de cire et ses joues comme des couteaux lui donnent l'air d'un pantin maléfique. Tia embrasse le téléphone comme si elle déposait un baiser sur la peau de son bourreau.

— Ashwin n'a jamais été aussi beau que ton père, mais il fait un joli mort.

16

La nuit tombe sur les collines avec dramaturgie. Comme si c'était la dernière fois. L'air est plus frais, mes joues moins en feu. Maray roule des « r » exagérés pour divertir les hommes. Je ne la trouve pas si belle que ça, mais elle a une certaine aura. Ma mère avait raison quand elle me disait que l'aisance prévaut sur la beauté. Autour de la table, les verres tintent, les humeurs se diluent dans l'alcool. L'impression d'être en voyage, quelque part en Amérique latine. Reinier propose de servir les tisanes à l'intérieur, dans le lobby de l'auberge, pour que l'on se repose dans les velours griffés. Nous le suivons. Ma mère repère un vieux piano en bois poncé dans un recoin du petit salon. Elle s'y installe sans demander la permission et joue quelques notes pour vérifier que l'instrument est bien accordé. J'aime quand elle joue. J'aime quand elle distrait l'assemblée. J'aime quand il n'y a plus qu'elle qui compte aux yeux du monde. J'imagine que je suis elle. Elle prend son air de meneuse de revue.

— Je vais vous chanter « Les nuits d'une demoiselle » de Colette Renard.

« Tout mais pas ça, putain », je pense. Puis elle caresse le piano et entame sa chanson : « Quand doucement tombe la nuit, je me fais sucer la friandise. »

Maray et Reinier applaudissent à s'en peler les mains. Jackson scrute ses pieds, Lison s'est recroquevillée comme quand elle veut s'empêcher de rire. Ma mère continue : pendant trente minutes, nous avons droit à un concert privé comprenant du Maurane, du Véronique Sanson bien sûr, et un peu de Jean-Jacques Goldman. Elle se déchaîne sur le piano, grondant d'avant en arrière comme la petite fille de *L'Exorciste*. Ludovic, loin de l'embarras que je lui aurais volontiers prêté, ferme les yeux et secoue sa longue tige de nageur en de petites vagues, complètement pénétré par la musique. Jackson lui colle un verre de whisky tourbé dans les mains. Je m'en sers un aussi et inscris un « + 1 » sur le carnet où nous devons marquer nos consommations de spiritueux. Reinier et Maray sont d'une nature confiante.

Quand ma mère déclare qu'elle en a marre de jouer et qu'elle fumerait bien une cigarette, l'ensemble de son public s'empresse de vaquer à ses occupations – sommeil, alcool, bavardage, ou les trois en même temps –, tandis que je reste assise sur mon canapé de velours rouge, seule. Non loin de moi se tient Laurent, invisible pour tout le monde, mais bien visible par moi. L'alcool se répand en rigoles tièdes dans mon estomac. Ludovic traficote quelque chose sur la bibliothèque où trônent des guides du Pérou, de l'Argentine, du Chili, de Cuba. Reinier vient à son secours. Tous les deux s'escriment à glisser un disque dans la chaîne stéréo.

— Mais enfin, comment marche cet appareil de malheur ? grommelle Ludovic.

Après quelques secondes à secouer les bras en signe d'incompréhension, mon nageur triomphe, et Bonnie Tyler rugit enfin dans l'auberge, sans qu'aucun velours griffé parvienne à atténuer la férocité de ses vocalises. « *Where have all the good men gone, and where are all the gods?* »

Rien ne nous avait préparés à cette scène : le glorieux Ludovic, dos à la foule, se met à vrombir comme un cheval furieux et projette sa tête en arrière. Je me lève, prête à intervenir au cas où il s'agirait d'une crise d'épilepsie. D'un coup, il fait volte-face, bras au ciel, et se met à osciller du bassin, dans un rythme rigoureusement opposé à celui de la musique. Putain, il danse ! Il faut vraiment que mon désir dépasse l'entendement pour que même ses gesticulations arythmiques échouent à atténuer mon élan. Rien à faire : je rêve toujours de lui enlever son short. Lison et Jackson déplient, à leur tour, leur corps un peu rouillé par les heures de car, clic-clac, et rejoignent Ludovic. Jackson, véritable ascète d'ordinaire, allume le dancefloor grâce à une choré à base de déhanché vigoureux et quasi concupiscent, parfaitement coordonné aux mouvements de balancier des deux courtes pattes qui lui servent de bras. « *I'm holding out for a hero 'til the morning light, he's gotta be sure, and it's gotta be soon.* »

Ludovic bat des jambes à une vitesse qui confine à la folie, dans une gestuelle 100 % marsouin. France déchausse ses baskets Vuitton pour entamer une arabesque sur pointes remarquable de précision.

Quand Bonnie Tyler a fini de vociférer, mes danseurs poussent des gémissements de protestation. Jackson, ignorant manifestement l'existence de Deezer, relance le single depuis le début, et Blanche exulte. Ma mère, hypnotisée par la Rod Stewart féminine, descend les marches qui séparent les chambres du lobby. Je frémis en la découvrant vêtue de son éternel boubou en wax bleu Klein et jaune Ikea chiné au Gabon, qu'elle s'évertue à enfiler soir après soir en dépit de mes contestations. Ludovic saisit Jackson par les épaules, qui prend Tia par les épaules, et ainsi de suite. Tous sont désormais à gambiller de concert et reprennent la deuxième strophe du refrain en chœur, avec cette ferveur animale dont seuls les humains bourrés et mélancoliques ont le secret.

Sans crier gare, la voix de Ludovic se brise et quelques larmes se mettent à faire la course sur ses joues. Je repense au fait que je n'ai toujours pas produit la moindre goutte lacrymale depuis la mort de mon père. Le glorieux gesticulateur avance vers moi.

— Viens danser, Indira ! En hommage à ton père !

Le pauvre fou devrait savoir que le meilleur hommage possible à mon père serait justement de ne jamais esquisser le moindre pas de danse.

— Non merci, je réponds à Ludovic, qui ne l'entend pas de cette oreille et passe ses bras sous les miens pour me relever.

Je me dégage avec la souplesse d'une otarie et me cramponne aux accoudoirs.

— J'ai dit non !

Ludovic, sans toutefois se vexer, abandonne sa quête et s'en va relancer le single. J'avale quelques nouvelles rasades de whisky. Il est plus tiède encore que tout à l'heure, l'air étouffant de la pièce s'épaississant d'autant plus que les danseurs du dimanche donnent leur vie sur la piste. L'alcool et l'euphorie rendent la scène quasi cinématographique et c'est désormais au ralenti que je considère ce tableau de corps moites. On a franchi les frontières du temps, de l'espace, de la mort. Le fantôme de mon père passe. Ludovic quitte la pièce, remonte mollement les marches qui le ramènent à sa chambre. Blanche vient s'asseoir à côté de moi, essoufflée.

— Pourquoi tu danses pas ? me lance-t-elle, profondément intriguée, comme si ma résistance à danser était le symptôme d'une maladie inquiétante.

— J'aime pas ça.

— T'as peur qu'on te juge ?

Sa question est d'une telle clairvoyance que je demeure silencieuse.

— Tu sais, reprend-elle, on s'en fiche de ce que pensent les autres. Danser, c'est montrer qu'on est vivant.

Je reste interdite. Incapable de répondre quoi que ce soit de pertinent à ce lieu commun étonnamment perspicace, je finis par bredouiller :

— Il paraît que tu es championne d'échecs ?

— Oui, me répond Blanche avec une humilité hors de ce monde. J'adore absolument les échecs, c'est papa qui m'a montré quand il avait son cancer.

— Oh, je savais pas que ton père avait eu un cancer, Blanche, je suis désolée.

— T'en fais pas, il est complètement guéri. Ça fait longtemps maintenant, genre au moins cinq ans, vu que c'était ma période Harry Potter. Il m'a appris les échecs quand il était en chimio. Il avait que ça à faire !

Ses joues rosissent, comme si elle était gênée d'avoir appris un art qu'aucun de nos camarades de voyage ne maîtrise.

— Et tu as appris facilement ?

— Non, au début j'ai trouvé ça horrible ! Mais papa a été malade des années, alors tout ce temps j'ai appris pour lui faire plaisir.

Je me sens conne tout à coup. Qu'est-ce que j'ai appris, moi, pendant la maladie de mon père ? Je l'avoue, un peu honteuse :

— Bordel, moi mon père a été malade sept mois et ça m'a rien appris.

Blanche me regarde de ses grands yeux dubitatifs.

— Impossible ! Ton père est genre complètement mort. Tu ne le reverras jamais de ta vie. T'as carrément dû apprendre à être une orpheline, toi.

Tiens, je n'avais jamais pensé au fait que je méritais en effet ce statut. Je reste silencieuse, et Blanche, comme Lison un peu plus tôt, pose sa tête sur mon épaule. C'est peut-être la première fois depuis six mois que j'ai l'impression d'être entendue par quelqu'un. C'est d'ailleurs la première fois depuis six mois que je comprends que personne ne me comprend. À part Blanche, la seule ici à avoir connu l'enfer du cancer. L'adolescente entortille sa petite main droite dans la mienne et y dépose un baiser, le visage toujours rouge du soleil de l'après-midi.

— Tu me donnes une cigarette ? me demande-t-elle.

— Tu as quatorze ans, Blanche ! je lui rétorque, amusée par cette initiative que j'ai prise au même âge.

— Quinze ans, pas quatorze. Et j'en ai déjà fumé, tu sais ? Avec Louis. Parfois je pique celles de maman et je les fume sur la terrasse quand elle dort.

Louis est le fils de Jackson, qui serait mort deux cents fois plutôt que d'imaginer son fils, lauréat de sa promo à l'Institut catholique de Paris, fumer de grosses clopes.

— Si je te donne une cigarette, tu le gardes pour toi ?

— Promis, m'assène-t-elle en se redressant, comme si aucune promesse n'avait davantage valu le coup.

Je lui tends une Lucky Strike et nous sortons, complices, fumer. Les derniers danseurs se secouent avec vigueur au son d'une Bonnie Tyler qui me sort désormais par les trous de nez, et ma mère me jette un regard ému en nous voyant disparaître dans la nuit. J'allume la cigarette de Blanche, et elle tire dessus comme si elle fumait depuis quarante ans, fermant les yeux et renversant la tête en arrière. Je n'avais jamais remarqué qu'elle était belle. Le filtre trisomie m'avait empêchée de la considérer avant tout comme une jeune femme. Pensée hyper problématique. J'allume la clope et suis écœurée, comme chaque fois. Une chatte errante traverse le domaine, ses flancs élargis par une portée bien mûre. La nuit nous avale.

— Je t'apprendrai à jouer aux échecs si tu veux, me dit-elle. À condition que tu m'apprennes à être sexy.

Je m'étouffe avec ma Lucky, aussi peu convaincue d'être sexy que de devoir apprendre à une ado à l'être.

— Pourquoi tu veux apprendre à être sexy ?

— Y a un garçon que j'aime bien à l'école. Il s'appelle Enzo. Avant je m'en fichais, mais le mois dernier il s'est fait des mèches blondes et, franchement, ça le rend genre super beau. J'aimerais bien faire avec lui comme tu fais avec Ludovic.

Je tousse, sidérée que quelqu'un ait pu déceler mon inclination.

— T'inquiète pas, personne n'a remarqué. Moi, j'ai vu parce que j'observe tout le monde.

— Ça reste notre petit secret alors ?

— Oui, je suis pas une balance, moi, qu'est-ce que tu crois ?

Je prends quelques secondes pour réfléchir. La belle Blanche tape du pied.

— OK, je te crois. Si tu veux mon avis, tu devrais pas me prendre comme exemple. Sois naturelle devant Enzo. Moi, je fais la meuf devant Ludovic, je me touche les cheveux et je fais la moue, mais c'est parce que je sais pas comment m'y prendre.

— Moi, Enzo me regarde pas parce que je suis…

— Parce que tu es quoi ?

— Différente.

Je marque un temps de pause. Pendant toute mon enfance à Levallois-Perret, j'ai eu l'impression d'être différente. Les autres enfants, à l'exception de Steven et de Soukaina, étaient blancs. Et riches, ça va sans dire. Moi, je n'étais ni blanche ni noire. Et je n'étais pas nord-africaine non plus. Je n'entrais donc dans aucune des cases raciales de l'école. De mon CP à mon CM2, on m'a appelée « la Chinoise », parce que j'avais les yeux étirés, entre l'amande et la datte. J'étais perplexe parce qu'on me le répétait telle une insulte, or je ne considérais pas le fait d'être chinoise comme une insulte et, de surcroît, je n'étais pas chinoise. Française d'origine mauricienne. Rien à voir. Alors je me suis construite comme on attendait de moi que je me construise : comme une Blanche et comme une bourgeoise. Pour entrer dans le moule. Mais au fond de moi, j'ai toujours senti et vu la différence entre une Lison Padepoule et une Indira Ramgulam. Ne serait-ce que dans l'appellation. C'est comme le Port-Salut, c'est marqué dessus.

Même si mes origines sont la cible de moins de stigmatisation et de persécution que celles d'une personne d'origine maghrébine par exemple, je sais bien qu'on ne se comporte pas pareil avec moi qu'avec mes amis blancs aux prénoms hérités du Calendrier des saints. En soirée, la première question que me posent les mecs est : « Tu viens d'où ? Attends, laisse-moi deviner. » Comme si le lieu de naissance de mes parents, mon histoire donc, était sujet à devinette ou à fétichisation. En général, je réponds que je suis slave, ce qui désarçonne mon interlocuteur. Mais ce parallèle a des limites et, face à Blanche, je me rends bien compte que si je connais par cœur le racisme ordinaire, le validisme est mon angle mort. J'ai beau sonder mon âme et mon imagination, je ne peux décemment pas éprouver ce qu'éprouve Blanche. Alors je me tais.

— Tu veux que je te chuchote un secret au creux de l'oreille ? poursuit ma jeune amie.

— Je veux que tu me confies tous les secrets du monde, ma Blanche.

Elle se penche vers moi et me glisse quelques mots dont la teneur me surprend tellement que je m'étouffe en aspirant la fumée de ma Lucky Strike mentholée.

— Il y a une femme qui se transforme en flaque derrière toi.

17

Sonnée, je monte les marches qui mènent à l'étage deux par deux. Il faut que je raconte à quelqu'un la peur que Blanche m'a faite – elle avait sans doute entendu Reinier raconter l'histoire de la suicidée du pont aux soupirs.

Je pense d'abord et avant toute autre personne à Dris. Au premier étage, j'aperçois un liseré de lumière sous sa porte, pose ma main sur la poignée et, sans réfléchir, ouvre. La scène qui se déroule sous mes yeux me coupe d'autant plus le sifflet que l'ensemble des éléments qui la composent paraissent sortir tout droit d'une dystopie. Dris tient le visage du glorieux Ludovic entre ses mains. Ses lèvres sont posées sur celles de mon marsouin tressautant. C'est le moment que choisit l'univers pour me filer le hoquet. Je hoquette six fois d'affilée. Ou plutôt je cacarde.

Ce bruit, quasiment intestinal, résonne si fort dans la chambre que les hommes dont j'imaginais qu'ils représentaient mon passé pour l'un et mon futur pour l'autre se tournent vers moi. C'est donc ça, le multivers. Le visage de Dris reflète l'amusement, tout au pire. Ludovic est horrifié. Peur des représailles et culpabilité mêlées. Je referme la porte, cours jusqu'à ma chambre où ma mère n'est toujours pas rentrée et vomis juste devant les toilettes. Ludovic se tient dans l'encadrement de la porte. Comme plus tôt dans la journée, il passe ses bras autour de mon cou, encerclant mes jambes de ses muscles d'ancien nageur olympique et me dépose sur le lit. La pièce tourne. Je me redresse pour ne pas vomir allongée et ainsi périr comme un vieux rockeur à mulet. Ludovic étale mon vomi sur le sol à l'aide d'une serviette blanche. Consternant. Décidé, il se lave les mains avant de venir s'asseoir près de moi. J'ai envie d'abîmer sa jolie truffe, mais notre relation n'existe que dans ma tête. Je le sais. Je suis fatiguée. En six mois, j'ai pris dix ans dans la tronche. Ludovic se racle la gorge bruyamment.

— Indira, il faut qu'on parle.

Les deux heures qui suivent, je les passe à écouter Ludovic, avant de m'endormir enfin. Quand point le jour, je ne suis plus la même femme. Ludovic a rejoint sa chambre. Ou Dris. Qui sait ? Ma mère, couchée à 4 h 30 du matin, ronfle dans son boubou en wax, les lèvres encore grasses de gloss. J'allume mon téléphone et fais défiler les photos de mon père. Lui et moi, dans une accolade pleine de distance. De résistance. J'ai douze ans, comme l'indiquent mes fausses UGG roses achetées au marché. Mon père se tient droit et sévère sur la photo. Mon père, cette splendeur. Mon père, l'étranger. Mon père, l'inconnu.

Je contemple le paysage qui s'étend sous nos fenêtres. Le matin s'est bien levé finalement. Le car nous attend dans le jardin. Le voyage va pouvoir reprendre. Les quelques heures qui s'écoulent ensuite, je les vis dans ma tête. Impossible de dire ce qu'ont fait les autres. Ce que j'ai accompli moi-même. Au revoir, Maray. Au revoir, Reinier. Je suis dans le car à côté de Lison qui écoute sa musique, le teint jauni par les excès d'hier ou des dix dernières années. Quand l'engin démarre, je jurerais voir une femme au ventre rond se tenir derrière la fenêtre, les pieds nus dans une flaque d'eau. Je pense aux autres femmes. À toutes celles qui ne voient pas venir le pire, comme la suicidée du pont aux soupirs. Je pense à mes dix-sept ans et à l'homme au chapeau comme une cheminée qui en avait trente-deux. Je pense à tout ce qui a suivi les premiers mots dans ce train. À ce qu'aurait été ma vie si je m'étais contentée de regarder les petits vieux se donner la becquée. Ma vie, juste avec des Pim's à la framboise. Ma vie sans chapeau et sans cheminée. Je hais les hommes. Ceux qui prennent le train. Je hais les hommes. Ceux qui mentent. Je hais Ludovic. Je hais Dris. Mais plus que tout, je hais mon père.

18

— Tu vas où ?

— En Bretagne, comme tout le monde dans ce train, j'ai répondu à l'homme au chapeau.

— Moi, je ne sais pas où je descends. Je pars à l'aventure. Ça m'aide pour mon métier.

— Tu fais quoi dans la vie ?

— Je suis artiste. Je peins des femmes. Belles comme toi.

— Mort de rire, je suis pas belle.

— C'est toi qui le dis. Laisse aux experts le soin d'en juger.

Silence.

— Et tu vis où quand tu pars pas à l'aventure ?

— À Londres.

— OK.

— T'es un drôle d'oiseau, toi ! T'es toujours si froide avec les inconnus ?

— Seulement ceux qui ont les pires chapeaux.

Rires.

— On s'échange nos numéros ? Au cas où tu voudrais poser pour moi, si un jour tu passes à Londres.

— OK.

19

Je ne suis pas ici pour fuir mon récit. Je vais raconter l'histoire de Ludovic.

Il l'a commencée comme on prépare les tout-petits
à se concentrer pour écouter le conte.

— Indira, il faut que tu saches quelque chose.

— Je veux pas écouter, je m'en fiche.

— Cesse de faire l'enfant, tu as trente ans.

Ludovic s'est penché vers moi, comme s'il allait
poser ses lèvres sur les miennes ou, au moins,
m'étreindre. Mais il s'est contenté de m'essuyer la
bouche avec du papier toilette.

— Tu te rappelles ce voyage que j'ai fait avec ton
père au Népal, il y a dix ans ?

— Oui et alors ?

— Et alors ce voyage a changé nos vies.

— Qu'est-ce que tu veux que ça me foute ?

— Écoute-moi, il est temps que tu saches.

Au bord d'un nouveau vomissement, j'ai capitulé.
Alors Ludovic a entamé un récit qui allait transformer en profondeur, et à tout jamais, mon regard sur
mon père. À mesure qu'il évoquait ses souvenirs, sa
voix se faisait murmure lointain pour laisser place
à des images un peu brumeuses, comme dans un

songe. Il n'y avait plus de conteur. Plus d'auditrice. Simplement le film de leur histoire. Une histoire qui nous transporta tous les deux de l'auberge des Collines jusqu'aux confins du Népal, à l'hôtel Iceland de Pokhara.

Par la fenêtre de sa chambre, Suraj regardait la brume se dissiper sur les montagnes. Quatre heures plus tard, il prendrait l'hélicoptère qui le mènerait de Tatopani au camp de base de l'Annapurna. Ce serait le début de l'ascension. Suraj n'avait mis que l'essentiel dans son sac à dos : des vêtements de trekking, des chaussures de rechange The North Face, une cagoule, des barres protéinées, un sac de couchage, des couverts en acier, une écuelle, des paquets de viande séchée et une photo plastifiée de sa fille qu'il embrassait tous les soirs et tous les matins. Au réveil, il s'était rasé de près pour ne pas avoir l'air négligé. Même en vadrouille, il aimait être clean. Lorsqu'il descendit dans le hall de l'hôtel où le petit déjeuner était servi, Ludovic l'attendait déjà là. Il portait un polaire Quechua, un pantalon kaki et, comme à son habitude, une barbe de trois jours. Tous les deux déjeunèrent d'œufs durs, de porridge et de fruits. Ils se rappelèrent leur soirée de la veille, au cours de laquelle ils avaient bu quelques bières et une petite canette de Coca, sur le bord du lac Phéwa, et avaient trinqué avec Dede et Alan, un couple d'alpinistes anglais. Ludovic était resté en retrait, sa maîtrise de la langue de Shakespeare demeurant, en dépit de cours particuliers, proche du néant. Après avoir ingurgité leur dernier grain de porridge, ils enfilèrent leur sac à dos et prirent un taxi jusqu'à l'héliport. L'aventure pouvait commencer. Trois heures plus tard, ils étaient dans l'hélicoptère, avalés par les gorges Miristi Khola. Après avoir remonté pendant quelques jours le glacier central, dans cette cuve dont la blancheur abîmait les yeux, il fallut serpenter parmi les séracs à l'aide de cordes. Ludovic et Suraj, au camp de base 2, éprouvaient désormais l'ardeur de la lumière qui cognait sur les tentes. Les alpinistes se félicitèrent d'avoir survécu à la première étape du périple, qui incluait le plus de risques d'avalanche de l'ascension. Suraj tenait entre ses mains gantées une tasse de café dont la chaleur ne résista pas longtemps aux températures glaciaires. Ludovic discutait avec trois autres Français. Les alpinistes de l'équipe étaient tous aguerris, à l'exception de Manfred, un Allemand qui retardait le groupe bien qu'il eût certifié être un grimpeur chevronné. Les sportifs le savaient : le plus dur restait à faire. Le lendemain, ils devraient partir pour le camp 3, une phase très technique du voyage : il faudrait longer un éperon rocheux qui limitait la face nord et gravir des pentes qui accusaient des moyennes de quarante-cinq degrés. Le soir, ils pourraient profiter de la sécurité du camp et dormir d'un sommeil réparateur. Quand la nuit arriva, Suraj et Ludovic envisagèrent d'aller se coucher. Mais Harvey, un Américain remarquablement en forme pour ses soixante-douze ans, emprunta le ukélélé d'une alpiniste suédoise et entama l'air de « Cry Baby », de Janis Joplin. Suraj n'avait jamais pu résister au rock psyché des années 1970 et resta longtemps à écouter Harvey enchaîner son répertoire

Woodstock. Ludovic leur resservit une tasse de café, Manfred fut le seul à y ajouter quelques gouttes d'un rhum dont il conservait une fiole dans sa veste technique. Pourtant, les sherpas les avaient prévenus : en altitude, mieux vaut rester sobre. Suraj se plaignit de Manfred :

— Imagine s'il vomit ses tripes sur ma tente cette nuit ! Non mais franchement, est-ce que je bois des bières, moi ? Ben non, je bois pas, et c'est pas l'envie qui me manque vu comme l'autre Miss Monde se la pète à raconter ses histoires à dormir debout sur son ascension, comme elle l'appelle, de Broad Peak. Moi aussi, si j'avais vingt ans, je la monterais en courant, sa montagne !

Ludovic aurait voulu prendre les élucubrations de son ami avec philosophie, comme il le faisait d'ordinaire. Mais ce soir-là, tandis qu'il tombait de sommeil, il eut du mal à conserver sa patience légendaire.

— D'ailleurs, je crois qu'elle se tape le guide ! T'as vu comme elle le mate ? Elles ont pas froid aux yeux, les filles, de nos jours. Je peux t'assurer que la mienne se comporterait jamais comme ça !

Suraj avala une gorgée de café avant de continuer :

— C'est fou comme les Blanches sont aguicheuses ! C'est pas beau à voir.

Ludovic hésita. Puis il haussa les épaules.

— Peut-être bien qu'elles font ce qu'elles veulent, non ? En quoi ça nous regarde ?

Excédé et surpris de voir quelqu'un, qui plus est son ami, discuter ses opinions, Suraj rétorqua :

— Ça me regarde ! Oui, ça me regarde, quand le monde entier part en couille. T'imagines si ta fille draguait des vieux de quarante ans ? Bah non, tu peux pas, t'as pas de fille. Alors garde ton avis pour toi.

Ludovic hésita à nouveau, empourpré par la colère, un sentiment qui se manifestait chez lui avec une admirable rareté. Plutôt que de répondre, il nettoya sa tasse et fonça se coucher sous sa tente. Demain serait un autre jour.

Alors que Suraj et Ludovic évoluaient quelque part entre le camp 2 et le camp 3, ils comprirent que les sherpas n'avaient pas menti : cette phase d'ascension était bien plus technique que la précédente, bien qu'elle offrît statistiquement moins de risques de mourir avalé par la neige. L'humeur au sein du groupe était moins à la fête qu'au début de l'épopée. Il faut dire que les voyageurs étaient au cœur du ventre mou du périple, où tout kilomètre parcouru semble interminable. Ils avaient certes fait du chemin, mais la route vers le sommet restait si longue que l'impatience gagna l'équipe. Suraj, dans une forme olympique, grimpait comme un cabri malgré ses cannes de serin. Ludovic le talonnait, ainsi que les trois autres Français et la Suédoise. Manfred s'arrêtait régulièrement pour souffler, haletait comme un petit chien et se tenait les côtes de ses deux poings emmitouflés. Suraj en était certain, il aurait fallu redescendre. Plus l'équipe se rapprochait du sommet, plus l'oxygène manquait. Logique. Inévitable. Mais Manfred était décidé à continuer coûte que coûte. Ce jour-là, le vent était particulièrement violent et le petit groupe accusait des rafales de quatre-vingt-cinq kilomètres à l'heure.

Le camp 3 se rapprochait. Il ne resterait ensuite plus que quelques centaines de mètres à gravir. Cette perspective enchantait la Suédoise et Suraj, qui s'étaient étonnamment liés d'amitié autour d'une tasse de café l'avant-veille – ce qui n'empêcha pas Suraj de critiquer les regards aguicheurs de sa camarade dès qu'elle eut le dos tourné, déterminé à prouver qu'elle voulait « se taper tous les mecs ». À 21 heures, tout le monde était harassé. Ludovic proposa de la viande séchée à Manfred, qui lorgnait dessus depuis une heure. Le pauvre était de plus en plus rouge. Les guides s'escrimèrent à vouloir le faire redescendre mais rien à faire, le bougre ne céda pas. Ses joues couperosées étaient si pourpres qu'on les aurait dites écorchées et Manfred toussait trop souvent. Cette nuit-là, l'ambiance était au beau fixe entre les membres du petit groupe. Olga, la Suédoise, discutait avec Ludovic tandis que Suraj faisait semblant de rire aux blagues racistes d'un des Français. Ludovic se détacha du groupe pour éprouver en solitaire la beauté des étoiles, comme il le faisait chaque soir en consultant la carte des astres qui ne quittait jamais la poche de sa veste technique. Suraj le rejoignit.

— T'as vu, elle s'en prend à toi maintenant, Miss Monde. Non mais il y en a aucun qu'elle a pas essayé de se faire. Sauf moi. Elle doit pas aimer les gueules d'Indien.

— Je pense pas qu'elle essaie de me faire du charme. Je pense juste qu'elle est sympa.

— Arrête de raconter des conneries. Elle te reluque depuis le début ! Et toi, tu baves devant elle comme un toutou. Tu veux te la faire ?

Ludovic lâcha sa carte. Son moment de paix était rompu.

— Tais-toi !

— Pardon ?

— Tu m'as très bien entendu. Tu te tais, j'en ai marre de t'entendre dire des horreurs.

— Qu'est-ce que tu racontes ? T'es amoureux ou quoi ?

— Non, mais tu te comportes comme un gros con, alors maintenant ça suffit, tu arrêtes de juger les autres au prétexte que t'es père et que t'as une certaine idée de comment doit être une femme.

— Parle pas de ma manière d'être père.

— J'ai rien dit sur ta manière d'être père. Je te dis d'arrêter de juger tout le monde. C'est clair ? Tu me fais chier !

Suraj écarquilla des yeux furieux.

— T'es tombé sur la tête ou quoi ? J'ai encore le droit de dire ce que je pense d'une petite pétasse qui veut se taper des vieux.

— Elle veut se taper personne, bon sang, elle est juste avenante et ça te fait peur, les femmes avenantes. Et quand bien même elle voudrait se taper tout le monde, c'est quoi ton problème ? Qu'est-ce qu'elle t'a fait ta mère pour que t'aies si peur des femmes ?

Suraj empoigna Ludovic par le col de sa veste The North Face et le secoua.

— Ferme-la, t'as compris ?

Ludovic se dégagea brusquement et poussa de toutes ses forces Suraj, qui tomba à la renverse. Choqué, l'homme à terre s'étrangla de rage, se releva et hésita. Il planta ses yeux dans ceux de son adversaire, s'approcha si près de lui qu'il put sentir son souffle lui chatouiller les narines. Il hésita encore. Puis il baragouina quelques propos incompréhensibles avant de tourner les talons et de disparaître dans sa tente. Le petit groupe, médusé, avait assisté à la scène. Tout le monde se coucha, encore sonné par la violence de l'altercation entre les deux inséparables. Ce soir-là, le vent souffla plus fort que d'habitude et les caresses douloureuses qu'il prodiguait aux tentes les firent hurler dans la nuit. Le lendemain matin, le froid était si dense qu'on aurait presque pu le palper. Ludovic sortit le premier de sa tente. Ses joues étaient creusées, son air impatient. Ce ne fut qu'une fois le reste du groupe émergé que Suraj pointa enfin le bout de son long nez, le visage plus fermé encore que d'ordinaire. Olga posa une main sur l'épaule de Ludovic qui se dégagea, agacé. Les hommes arrimèrent leurs lourds équipements à leurs dos amaigris par l'effort, modelés comme de la terre glaise. Après la scène de la veille, la tension était tangible. Seuls les Français avaient compris la teneur de la rixe et furent suffisamment polis pour n'en rien traduire aux autres. Le petit groupe progressa sur une parcelle si pentue que l'un d'eux fut saisi de vertiges. Tout le monde s'arrêta le temps qu'il reprît ses esprits. Ludovic jeta des coups d'œil furtifs en direction de Suraj, mais ce dernier ne les lui rendit pas, bien décidé à ne rien laisser transparaître de ses émotions. Il avança à grands pas, comme s'il était pressé de mettre un terme au voyage. Sur ses talons, Olga était ce jour-là la plus performante des femmes du groupe. Les autres étaient à la traîne, harassés par le vent qui leur griffait le visage. Plus rien ne semblait exister hormis leurs corps dans la neige. L'humeur de franche camaraderie des premiers jours avait totalement disparu. La neige fit place au givre et il fallut redoubler d'efforts pour planter ses crampons avec efficacité dans le chemin qui se faisait de plus en plus étroit, entonnoir criminel au bord duquel s'étendait le vide. Soudain, Manfred glissa, s'agrippant à Ludovic qui gesticula pour trouver une prise à laquelle se raccrocher. Mais il était trop tard et les deux hommes s'effondrèrent.

Ludovic se releva sans trop de difficultés, tendant une main à son camarade qui gisait sur la glace si lisse qu'on aurait dit un miroir sans tain. Mais Manfred demeurait inerte. Le guide se précipita pour tâter son pouls, entama un bouche-à-bouche et, comprenant que ça ne suffirait pas, pratiqua un massage cardiaque. Manfred respira tout à coup, gobant de l'air comme un maquereau hors de l'eau. Dans la panique d'un réveil brutal à la vie, il attrapa la cheville de Ludovic et l'attira vers lui. Le malheureux chuta alors de nouveau, sa tête frôla un rocher, et le poids de son corps l'entraîna vers le vide. Suraj bondit avec l'urgence d'un parent qui voit son enfant menacé de mort, ou celle d'un amant désespéré peut-être, et saisit l'avant-bras de Ludovic. Oubliant que celui-ci ne risquait pas vraiment de tomber puisque son harnais était attaché à une corde par un mousqueton, il l'attira vers lui avec l'énergie du désespoir. La pesanteur fit son effet, Ludovic tomba sur son meilleur ami et leurs visages se cognèrent.

Leurs regards se croisèrent, pleins d'effroi et de gratitude mêlés, effaçant leurs disputes sur cette montagne sauvage qui menaçait chaque seconde d'engloutir les orgueilleux qui la défiaient. Ils restèrent longtemps à se regarder, reconnaissants d'être sortis indemnes des épreuves imposées par la nature et l'inconscience de Manfred. Ce dernier, en attendant l'hélicoptère, leur avoua qu'il était en mauvaise condition physique, et que ce voyage, c'était son fils qui rêvait de le faire. Mais celui-ci n'avait jamais pu, emporté par un cancer de la lymphe à vingt-huit ans. Sur son lit de mort, Manfred lui avait promis de gravir la montagne pour lui et de planter le drapeau de l'Allemagne tout là-haut. Il n'avait pas survécu. Et Manfred ne tint pas sa promesse. Pour Ludovic et Suraj, tout défila. L'hélicoptère vint chercher l'Allemand pour l'emmener à l'hôpital, le reste de l'ascension se déroula sans heurt et, enfin, ils se retrouvèrent comme par miracle lovés dans l'obscurité à partager une ration de haricots rouges en boîte, dans un camp improvisé par le reste de l'équipe pour y passer la nuit. Ludovic et Suraj demeurèrent silencieux et n'osèrent plus se regarder, de peur de trahir l'émotion trouble qui luisait dans leurs yeux.

Le lendemain, il ne restait plus que cinquante mètres à gravir pour atteindre l'objectif. Olga, qui s'était progressivement affirmée comme leadeuse de l'équipe, mena ses camarades au but aux côtés des deux guides. Alors qu'ils étaient épuisés au point de ne quasiment plus se parler, les membres de l'ascension se donnèrent corps et âme à leur marche, poussés par l'adrénaline. À dix mètres de l'arrivée,

Ludovic saisit la main de Suraj. « On va s'en souvenir toute notre vie », glissa-t-il à son ami sans oser le regarder. Lorsqu'ils atteignirent le sommet et que Suraj planta un drapeau de l'île Maurice et une photo de sa fille dans la neige, Ludovic aurait juré le voir verser une larme de givre.

Après qu'ils furent rentrés à l'hôtel Iceland de Pokhara, chacun regagna sa chambre et prit une douche brûlante. Le brouillard recouvrait la nuit d'une nappe laiteuse. Assis sur sa terrasse, Suraj contemplait les montagnes et buvait une bière glacée à grandes goulées lorsqu'on toqua à la porte. Il se leva lentement, chacun de ses gestes rendu cotonneux par le manque d'oxygène des jours précédents et par l'alcool, auquel il n'était plus habitué. Ludovic se tenait dans l'encadrement de la porte, les bras chargés de bières, de canettes de Coca et de linge blanc. Il lui offrit un t-shirt. Suraj déplia le vêtement, le regarda longtemps en souriant sans se moquer puis se déshabilla et l'enfila. Dessus, il y avait une photo, Ludovic et lui en haut de l'Annapurna. Leur visage était barbouillé de morve et leurs yeux, humides.

— J'aurais dû prendre la taille en dessous, gémit Ludovic.

— Il est parfait, répondit Suraj.

— Je l'ai fait imprimer hier, c'est un peu pixellisé mais mon appareil photo est un vieux machin.

— Comme moi, s'amusa Suraj, qui ne plaisantait pourtant jamais sur son âge, ni sur quoi que ce soit qui puisse lui rappeler sa destination finale.

Les deux hommes s'observèrent sans dire un mot, comme semblait le stipuler leur rituel désormais, et décapsulèrent leurs boissons sur le grand lit couleur beurre frais. Ils restèrent là longtemps à boire, les joues brûlées de soleil froid. Au bout d'un moment qui lui sembla avoir duré dix jours, Ludovic posa sa main sur celle de son ami, persuadé qu'il récolterait alors les foudres de ce dernier, peut-être même un geste violent. Mais Suraj n'en fit rien et laissa sa main tiédir sous la paume du grand nageur dégingandé. Et puis il se retourna, se surprenant lui-même. Pour ne pas effrayer son ami, pour ne pas risquer de faire voler cet instant en éclats, Ludovic avança lentement son visage et déposa un baiser timide, comme si c'était le premier, sur les lèvres gercées de Suraj. Ce dernier garda des yeux ouverts mais étonnamment tranquilles. Et l'instant, le début du reste de leur vie, les porta jusque sous les draps.

— Combien… combien de temps… combien de temps ça a duré entre vous ?

— On s'est aimés pendant deux ans. Mais ton père n'a jamais voulu le dire à qui que ce soit. D'ailleurs, je ne suis même pas sûr qu'il nous considérait comme un couple. Il savait que j'étais homosexuel mais pour lui, notre relation était un bug dans sa matrice. Une exception dans sa vie d'hétéro. Et puis il y a eu les autres.

— Quoi ? Quels autres ?

— Il y a eu son collègue Bertrand, de la salle de sport, celui qui a toujours des t-shirts à message, puis Samir, le gars du grand bassin, et Gilles, le pharmacien de Puteaux.

— Mais je comprends pas, il sortait avec eux ?

— Bien sûr. Même s'il ne le disait à personne, sauf à moi. J'étais celui qui l'avait initié à cette nouvelle sexualité, alors il m'a choisi pour confident.

— Ça t'a pas fait de la peine ?

— Si, au début, mais je savais que ton père commençait une nouvelle vie sur le tard, et ç'aurait été égoïste de ma part de lui mettre des bâtons dans les roues. Alors, après deux années difficiles où il était hargneux et stressé parce qu'il avait peur qu'on le démasque, on a décidé de rester amis. Je sais qu'à la fin il avait quelqu'un, qu'il cachait depuis un bon moment, je crois. Il m'avait dit que c'était sérieux. Mais il ne m'a jamais présenté personne, il voulait garder le secret. J'imagine qu'on a dû croiser ce gars à l'incinération sans savoir que c'était lui.

Voilà, en quelques heures, comme j'aurais appris le résultat d'un match sportif à la télé, j'ai appris que mon père n'était pas que mon père. Qu'il avait son histoire à lui. Cachée de tous. Je sais désormais que par une nuit fraîche et sèche au cœur des montagnes sud-asiatiques, son destin et celui de son meilleur ami se sont liés de façon inattendue. Pour l'un, la nuit fut davantage qu'un morceau de temps sur une face du monde qui tourne le dos au soleil.

Ces quelques heures, ni préméditées, ni même fantasmées sans doute, ces quelques heures de lâcher-prise inédit ont précipité mon père vers de nouvelles potentialités. Sa réalité étriquée, loin d'une femme qui l'avait trompé avec un autre, venait de s'élargir. Quelqu'un avait poussé les murs de son salon, de sa chambre et de sa salle de bains. Le matin, quand il allait uriner, il lui semblait qu'il y avait plus d'espace entre le lavabo et les toilettes, quand il préparait son café, il lui semblait devoir faire quelques pas supplémentaires pour attraper la bouilloire. Son petit horizon personnel poussait tandis qu'il envisageait l'existence sous un nouvel angle et avec un nouveau corps. Oui, tout était plus vaste désormais, car après des années de léthargie, le cœur de cet homme qui ne se croyait plus capable d'aimer avait redémarré.

C'est en tout cas ce que j'imagine, là, dans ce car pareil à un accordéon qui nous rapproche, mon père et moi, avant de nous séparer, puis de nous rapprocher de nouveau. À mesure que le week-end progresse, j'éprouve la polarité de mon jugement à son égard. Oui, ce matin, je hais mon père, et ça n'a rien à voir avec sa sexualité. Je le hais de me faire me sentir si minable. Quel vide a-t-il perçu, en lieu et place de mon âme, qui fasse taire son amour ? J'ai toujours cru être de ces filles, de ces femmes, à qui l'on peut tout confier sans craindre le moindre jugement, alors pourquoi ? J'ai honte de ne pas avoir été à la hauteur du secret de mon père. Et d'un coup, entre deux gorgées de Coca tiède, ça me revient.

J'avais douze ans, on habitait encore tous les trois, mon père, ma mère et moi, dans notre petit duplex parisien qu'on aimait très fort parce que les poutres sentaient le bois tropical et que les velux donnaient directement sur le ciel. Dessous, on pouvait imaginer qu'on était ailleurs. En tout cas, moi je le faisais : je regardais par le velux et j'étais instantanément dans la baie d'Along, sur un galion de pirates, en Sibérie sur un traîneau ou à Maurice, dans la cuisine de ma grand-mère. Parfois, mon père s'allongeait à côté de moi, et il regardait aussi, reclus dans ses bavardages longs, vides et habituels. Car s'il parlait beaucoup, ce n'était jamais pour dire de vraies choses. Il s'allongeait et il racontait des histoires que j'avais entendues mille fois. Mais parfois, il contemplait simplement le ciel, et la petite fille que j'étais aimait à croire que c'était notre manière à tous les deux de voyager ensemble, voyager depuis chez nous, quand ma mère était au bout du monde, sans qu'on sache jamais vraiment où, sans doute dans un pays d'Afrique ou sur une île en Asie. Mon père et moi, on restait là mais on était ailleurs. En dépit de nos caractères si éloignés, on était reliés, lui et moi, par notre incapacité à rester dans un endroit sans bouger, parce que rester immobile, c'était mourir avant l'heure. D'ailleurs, quand j'ai eu l'âge de prendre l'avion toute seule, je suis partie sans cesse, en week-end ou en vacances, loin, peu importait où du moment que je ne restais pas là. Non que je haïsse cette ville ou ma vie habituelle, seulement parce que la fuite, c'était dans mes veines. Parce que quand mon père était triste ou en colère, ce qui s'exprimait de la même manière chez lui, il claquait la porte et s'en allait. Et ma mère partait tout le temps, elle était même payée pour ça. Pour moi, aujourd'hui, c'est pareil, un rien me touche et je m'en vais. Et quand rien ne me touche, je m'en vais aussi. Physiquement. Géographiquement. J'avais douze ans le soir où j'ai vu quelque chose que ma mémoire a fait ressurgir deux dizaines d'années plus tard.

Je venais d'avoir la télé dans ma chambre. Un tout petit truc gris et pourri, mais qui fonctionnait, et ça signifiait que de ma cabane de poupée logée dans le ciel, je pouvais regarder tout ce qui se passait au-dehors. Après les bouquins, cette télé était un avant-goût de liberté, un gage d'émancipation intellectuelle, pourvu qu'on sache quoi consommer. Finalement, je regardais plus souvent *Sex and the City* qu'*Ushuaïa nature*. Cette nuit-là, j'avais donc regardé un épisode où Carrie flirte avec Big, un sale con, vilain, prétentieux et mal sapé. Un épisode normal, quoi. Comme d'habitude après la série, j'étais émoustillée et j'ai eu soif. Pour atteindre la salle de bains, il fallait passer par la chambre de mes parents et descendre l'escalier qui menait aux pièces du bas. C'est là, dans le salon, devant l'autre télé, que j'ai vu mon père en caleçon avec Samy, un copain de la salle, en caleçon aussi. Ils étaient très proches l'un de l'autre et j'avais senti leur gêne lorsqu'ils avaient compris que j'étais là. Ce tableau m'avait semblé sinon étrange, du moins inhabituel, mais que savais-je de ce qui était normal ou non entre adultes consentants ? En tout cas, je n'ai plus jamais revu Samy et la scène m'est sortie de la tête. Peut-être que le secret de mon père n'était pas un signe de mépris à mon égard. Peut-être croyait-il que je m'en doutais.

Ce que je sais aujourd'hui, c'est que mon père aimait les hommes et les femmes. Je crois qu'il aimait ceux qui avaient le courage de l'aimer, sans distinction de genre. Un homme capable d'envisager différents désirs, un homme avec une sexualité vivante et un corps éveillé. Non, mon père n'était pas que mon père, et il n'était pas qu'un mari.

La première fois que j'ai pris de la drogue, j'ai cru que j'allais mourir ou disparaître, et c'était agréable. Même si mon cœur battait très vite, j'étais à un endroit serein. J'avais aimé me dissoudre intérieurement, faire la paix avec chacune des contradictions qui brûlaient ordinairement sous ma peau, sous mes organes, sous mes os, quelque part que je ne saurais identifier. J'avais joui de me satisfaire de moi sans chercher l'approbation des autres, de gesticuler sans peur du regard des danseurs, et, même si j'étais venue avec des amis, j'avais voulu fumer des cigarettes toute seule. Dans le fumoir, des hommes et des femmes me parlaient mais je ne leur répondais pas. Je me suffisais. J'aurais voulu m'effacer complètement, m'évanouir de la surface de la terre. Je crois qu'une infime partie de moi est en paix depuis que j'ai pris mon premier cachet d'ecstasy. Aujourd'hui, il y a un peu de ce sentiment d'autrefois, la sensation d'accepter toutes les émotions qui coexistent. Je vais bien et je vais mal. Je hais mon père et je l'aime plus que je ne l'ai jamais aimé.

Sur la rangée de devant, Dris s'agite et me jette de brefs coups d'œil, histoire de s'assurer que je ne fomente pas un plan assassin contre lui, de type crucifixion en pleine campagne. Il n'a pas de quoi s'en faire : comparé à la relation secrète de mon père avec l'homme dont je me pensais amoureuse, son pathétique petit baiser nocturne ne fait pas le poids. Après un long moment de silence recueilli, je décide qu'il me faut à tout prix une confidente et conviens unilatéralement du fait que Lison sera la parfaite récipiendaire de mon récit. Je lui relate donc chaque détail, en chuchotant, du baiser entre Ludovic et Dris aux révélations fiévreuses de cette nuit. Les mots se bousculent dans ma gorge. J'ai vraiment l'impression d'avoir pris de la drogue. Ce doit être l'effet des grands secrets, ceux qu'on nous révèle après d'interminables années.

— On n'a jamais rien remarqué, susurre Lison.

— Il a gardé ça pour lui pendant dix ans. T'imagines ? Je sais pas si je le hais ou si je le comprends. Je crois qu'à Maurice, c'est pas facile pour la communauté LGBT…

— Ton père vivait en France depuis trente ans !

— Certes, mais avec une femme et une fille, je te signale. Ça doit pas être simple de faire son coming out à cinquante balais. Et puis il disait jamais rien d'intime sur lui. Je te rappelle que je sais même pas comment s'appelait mon grand-père. Alors avouer qu'il aimait aussi les hommes, ce devait être au-dessus de ses forces.

— Mais on l'aurait accepté, enfin. On n'est pas en 1820 !

— Mais toi t'es née en France, t'es blanche et tes parents sont des gros bourges intellos, donc ça te paraît normal. Là où il est né, si en tant que mec tu donnes pas dans la virilité, t'es vite considéré comme un citoyen de seconde catégorie !

Lison marque un instant d'hésitation.

— Je suis désolée, j'ai parlé trop vite. C'est toi qui connais le mieux Maurice, j'avais pas conscience de ce que tu décris.

— Non mais c'est juste que je viens de lire ça sur BeingGayInMauritius.com, hein, t'inquiète.

Un jour, une chauve-souris a élu domicile dans le sous-sol de ma maison à l'île Maurice. Elle avait une aile cassée et frémissait sitôt qu'on approchait de son grand corps de parapluie replié. Ma grand-mère l'avait découverte un matin et lui avait apporté des mangues, des bananes et des goyaves coupées. La chauve-souris avait mangé et bu. Le lendemain, ma grand-mère lui avait donné de nouveaux fruits. La chauve-souris avait mangé et bu. Et les jours avaient défilé, chargés du même rituel. Un matin, la chauve-souris avait disparu. J'imagine qu'elle s'était envolée. Le soir, un chaton maigre et malade était entré dans la cuisine dans l'espoir de trouver de quoi se nourrir, et ma grand-mère l'avait battu et chassé. J'avais crié et pleuré pour qu'elle cesse. Elle m'avait expliqué : « On ne peut pas éprouver de compassion pour chaque être ou alors on en mourrait. » J'étais restée stupéfaite. Comment l'empathie et la cruauté pouvaient-elles cohabiter dans le même corps, dans ce ventre et cette poitrine, sous cette peau un peu jaune, presque verte et pelée ? Le corps si sec, si rêche et si taché de ma grand-mère. Moi, j'avais eu pitié du chat et de la chauve-souris de la même manière, et si garder un cœur sain signifiait ne pas dilapider sa compassion partout et tout le temps, alors je n'en voulais pas. En cela, mon père et moi étions pareils. Chaque été, à Maurice, nous passions plus de temps à nourrir et abreuver les chiens, les chats, les rongeurs que nous croisions et qui mouraient de soif à quelques pas des touristes qu'à profiter de nos vacances. Nous nous interrogions : comment ces touristes, européens pour la plupart, pouvaient-ils à la fois parler quotidiennement au téléphone à la dog-sitter de leur golden retriever et ignorer le même animal agonisant trois mètres plus loin ? Pourquoi n'étaient-ils pas touchés par l'un et l'autre de la même façon ? La conclusion tenait bien sûr dans le précepte de ma grand-mère. Dans la vie, il faut choisir, ou alors on meurt de tristesse. Dans mon car, je suis fière d'être moins dure, moins binaire que ma Dadi. Fière d'avoir le cœur à ce point ouvert et réceptif qu'il saigne en effet chaque jour, donnant raison au slogan de ma grand-mère. Alors pourquoi mon père n'a-t-il pas fait confiance à mon organe le plus vivace ? Son silence me salit.

21

Sur la rangée qui jouxte celle de Laurent, ma mère laisse sa nuque tomber contre le repose-tête, une main posée sur son front, signe supplémentaire, s'il en fallait un, qu'elle surjoue sa gueule de bois. Séraphin se précipite vers elle, humidifie son mouchoir de poche avec un peu d'eau minérale et lui tapote le front.

— Comment vas-tu, Huguette ? Pas trop harassée ?

— Je suis pas en sucre, ce pare-chocs en a vu d'autres, dit-elle en désignant sa poitrine.

— Quel courage ! Tu me fais penser à Sarah Bernhardt. Rien n'aurait pu la ralentir. Oh, bien sûr ta beauté est sans commune mesure avec la Bernhardt, ne te méprends pas.

Ma mère passe sa main dans sa frange.

— Je ne suis pas sensible à la flatterie, Séraphin.

Chaque personne ayant passé plus de deux heures en sa compagnie pourrait témoigner de l'absolu contraire. À commencer par mon père, qui n'a jamais eu besoin que d'un compliment bien placé pour se faire pardonner des propos injustes ou une absence un peu trop longue. Savait-elle, au fond ? Savait-elle que le cœur de son grand amour ne lui était pas entièrement dédié ? Avait-elle, pendant leur mariage, pressenti que s'il partait un jour, ce serait pour un homme ? Je la regarde lire *Belle du Seigneur* pour la dixième fois en dédaignant Séraphin, recluse dans les histoires que d'autres ont écrites. J'ignore si l'amour qu'elle voue à la fiction l'éloigne de sa réalité au point d'avoir inconsciemment fermé les yeux sur les élans du cœur de son époux.

Quand j'étais petite, ma mère me traînait dans tous les théâtres, son mari lui refusant l'aumône de la moindre activité culturelle. Avant le lever de rideau, elle déroulait sa colonne vertébrale, se tenait droite, comme si c'était elle qui allait monter sur scène, nouait ses mains de pianiste et attendait. Et puis, absorbée par les histoires, elle ne bougeait plus pendant des heures. Et quand les comédiens venaient saluer, elle pleurait en silence.

— Pourquoi tu pleures ? demandais-je.

— Parce que c'est toujours triste la fin d'une pièce, Indira.

Est-il possible qu'elle ait tout ce temps redouté la fin d'un acte qui se jouait chez elle ?

22

Il paraît qu'on n'a jamais vu pire sécheresse que cette année. À travers la fenêtre, la campagne française – notre conductrice refuse de prendre l'autoroute – ressemble à une île des Cyclades. Tout est d'or fade. Quelques rares maisons cerclées de cyprès m'indiquent que nous sommes bien arrivés dans le Sud. Depuis combien de temps roulons-nous ? Voilà des heures que les voix autour de moi se sont faites murmures.

Mon voyage à moi s'effectue aux confins de ma tête. Les mots de la nuit roulent dans tous les sens et je les suis à la trace, comme si, au terme de ce *rollercoaster*, se tenait, fière et glorieuse, la vérité sur mon existence. Ce que je sais, c'est que l'amour de mon père pour Ludovic, et pour les autres aussi, n'a sans doute rien enlevé à la sincérité de sa relation avec ma mère. Mais désormais, je déroule le fil de ma vie par un autre bout. Toutes les scènes où figure mon père me semblent légèrement différentes et ondoient comme si le montage de ma vie intérieure avait changé. Tous ces week-ends où il partait à vélo avec Samy, Jackson et Ludo, avaient-ils été de vraies escapades sportives, ou bien étaient-ils prétextes à une activité d'une autre nature ? Je scrute la faune masculine du car. Ces hommes ont-ils été les amants de mon père ou bien seul Ludovic a-t-il eu le privilège de vivre une amourette montagnarde à la *Brokeback Mountain* ? Je dois être bien pâle, voire franchement livide, car Beverlance, qui avance de rangée en rangée en effectuant des tractions – s'arrête-t-il parfois ? –, marque une pause à ma hauteur et me dévisage à la dérobée.

— Tiens, Lison, peux-tu me laisser ta place cinq minutes ? Tout va bien, Indira ?

— Oui, ça va ! Pourquoi tout le monde me pose la question depuis qu'on est partis ? C'est insupportable, j'éructe.

Au fond du car, France joue aux cartes avec Jackson tout en insultant l'intégralité de l'arbre généalogique de son adversaire, et Marie-Laure tresse les cheveux de Blanche, toujours assise à côté de Laurent qui fait mine d'être mort, ce qui ne change pas trop de sa mine habituelle. Beverlance fait craquer des orteils qu'il ne s'est jamais donné la peine de ranger dans des chaussures. C'est la première fois que je vois quelqu'un sourire autant du regard – au point que j'ai peur qu'il chope une crampe oculaire. Je sens qu'il veut entamer la discussion. Et c'est la dernière chose dont j'aie envie. J'aimerais que tous les autres disparaissent, que ce voyage ne soit plus qu'intérieur et solitaire. Mais évidemment, Beverlance ne l'entend pas de cette oreille.

— C'était bien hier soir ? Jackson m'a dit que vous aviez fait la fête jusqu'à tard.

— Ouais, t'as rien entendu ?

— Tu es contente de ce voyage ?

Prodigieusement agacée, je prends bien note que Beverlance ne se donne même pas la peine de répondre à mes questions, et que l'enjeu de cette discussion n'est pas d'échanger mais de me faire la leçon.

— Tu veux dire à part le fait qu'on a eu un accident, qu'on est restés bloqués toute une nuit et qu'on n'arrivera probablement jamais vivants ?

Beverlance rit avec les yeux.

— Tu es bien la fille de ton père.

— Qu'est-ce que tu veux dire par là ?

— Ça veut dire que tu vois le verre à moitié vide. Alors qu'aujourd'hui est un grand jour ! On va arriver dans la ville préférée de l'homme qu'on honore. Tu vas pouvoir lui adresser un beau discours, boire une bière bien fraîche sur Mars et sceller votre amour dans le vent.

Merde, je n'avais pas pensé qu'on attendait de moi un discours. Évidemment, je n'ai rien écrit. Pas une ligne.

— Tu sais comment j'ai connu ton père ?

— Non, j'avoue qu'il n'a que peu mentionné ton nom, de son vivant.

Beverlance, qui ne prend décidément rien comme une offense, rit encore plus fort avec ses yeux.

— Ça ne m'étonne qu'à moitié, on s'est longtemps perdus de vue, ton père et moi. Pour tout te dire, on ne s'est pas parlé pendant trente ans, et il ne m'a recontacté qu'il y a quelques années.

J'ai tout à coup furieusement envie d'écouter ce grand gourou dégingandé et pressens que ces nouvelles révélations pourraient venir se coupler à celles de la nuit dernière. Beverlance a-t-il, lui aussi, été l'amant de mon père ? Tandis que nous nous engouffrons dans de somptueuses gorges, j'esquisse un micro-sourire à mon voisin de rangée. Il ne lui en faut pas davantage pour se lover dans ses souvenirs comme dans le fauteuil de l'autocar.

— J'avais vingt ans quand j'ai rencontré ton père. C'était à l'été 1978. Il faisait chaud et ton père était splendide.

Et merde, ça démarre comme un film de cul.

Cette année-là, et ainsi qu'il le dit lui-même, Alain n'avait que vingt et un ans et déjà une apparence herculéenne. Sous son mince débardeur de coton élimé saillaient ses longs muscles de marathonien, qu'il enduisait le soir de Biafine quand le soleil avait tapé trop fort. Et à l'île Maurice, il tapait toujours trop fort. Dans la maison au toit de chaume qu'il partageait avec deux autres G.O, il se passa le visage à l'eau claire et s'observa dans le miroir cerclé de bambou brun. Il se félicita d'avoir la sclérotique si blanche, qu'il devait à un régime sans alcool auquel il ne dérogeait jamais. Alain était un vrai sportif, qui ne commettait pas d'excès. Ce matin-là, le ciel et la mer se confondaient dans des nuances de mauve qu'Alain ne se rappelait pas avoir déjà vues en France. Depuis trois ans qu'il travaillait ici, il n'avait d'ailleurs jamais eu envie de rentrer chez lui à Saint-Étienne. Désormais, il savait que sa vie était là, entre les bancs de sable blanc et les frangipaniers qui bordaient les paillotes où l'on vendait des faratas. Jamais il ne serait plus heureux. Son étrange omniscience, que d'autres prenaient simplement pour de la clairvoyance mais qu'Alain considérait comme un véritable don, lui dictait de profiter de chacun des plaisirs que lui offrait la plus belle des Mascareignes, car ce bonheur ne serait que de courte durée.

Alain passa une main suppurant de brillantine dans ses épais cheveux châtains de sorte que, plaqués en arrière, ils avaient l'air constamment mouillés. Il aimait plaire aux femmes du club. Il aimait plaire à tout le monde. En sortant de sa hutte, il croisa Mme Morin, la plus liftée des vacancières, et la gratifia d'un sourire extra *bright*. Un chemin de pierres anthracite menait de sa maisonnée à la salle semi-ouverte du petit déjeuner, dont la véranda s'étendait jusque sur l'océan. Des dessertes en argent supportaient vaillamment des corbeilles de fruits rutilants, des viennoiseries, des saucisses de volaille, des pommes de terre, du bacon et des rougailles aux protéines variées. Au fond de la salle, deux Mauriciens coiffés de toque s'employaient à concocter des omelettes, des œufs frits, des crêpes et des pancakes. Alain, tout en adressant des signes de la tête à chacun des vacanciers aussi matinaux que lui, remplit deux assiettes de viande, d'œufs et de fruits, et s'installa à la table réservée au personnel, où aucun employé ne pérorait encore, la faute à la soirée de la veille qui en avait mis plus d'un à plat. Une fois qu'il eut avalé son petit déjeuner, il passa devant la piscine miroir et trottina sur les cinq cents mètres qui le séparaient de la partie « sports nautiques » du Club Med. Là, il retrouva son aire de jeux, cette paillote qui abritait les combinaisons de plongée, les bouteilles d'oxygène, les planches à voile et les skis de différentes tailles.

Vers 11 heures, et après avoir satisfait trois clients, Alain entreprit son *break* matinal habituel, et chaussa lui-même ses grands skis pour faire un tour de la baie à fond la caisse. Alain leva une jambe, puis l'autre, et exécuta sa plus belle pirouette tout en bombant son torse. Certains clients attendaient patiemment, d'autres jalousaient ce talentueux Français, mais tous applaudissaient la performance du G.O, trois fois champion de ski nautique de l'île Maurice. Alain n'était jamais plus fier que sur l'eau. À midi, une fois qu'il eut brûlé ses calories du matin, il se rendit aux cuisines, où Louison et Satish avaient l'habitude de lui offrir à déjeuner au calme, loin de l'agitation du self-service. Mais aujourd'hui, ni l'un ni l'autre de ses amis nourriciers ne s'activait aux fourneaux. À leur place, un petit homme tout en musculature sèche, la face ronde, sautillait au-dessus des casseroles.

— Enchanté, je suis Alain, moniteur de ski nautique ! T'es nouveau ici ?

Timide, le jeune éphèbe au visage d'enfant lui répondit sans même lever les yeux.

— Oui, je suis arrivé ce matin. Je m'appelle Suraj.

Amusé par la réserve du jeune cuisinier, Alain s'assit sur les plaques de cuisson libres et l'observa.

— T'as quel âge ?

— Vingt et un ans. C'est mon premier job de cuistot.

— Alors je te souhaite la bienvenue, cuistot ! Si ça te dit, ce soir il y a le tournoi de tennis. Les clients et les G.O peuvent concourir ensemble. T'as déjà joué ?

— J'ai déjà tapé dans la balle, oui, mais je joue pas souvent.

— Passe donc une tête. Ne t'inquiète pas, il n'y a pas que des tennismen olympiques, quasiment personne de l'équipe ne sait jouer à part moi !

Suraj ne pipa mot mais acquiesça d'un signe de tête.

Le soir venu, Alain enfila son short et demeura torse nu, car les regards que posaient sans distinction de genre les spectateurs sur ses pectoraux lui procuraient une sensation d'importance dont il n'aurait plus su se passer. Il s'étira, s'échauffa et aperçut une silhouette gracile rejoindre les gradins en trottinant, comme il le faisait lui-même. Le jeune éphèbe resplendissait dans son ensemble bleu à rayures blanches qui donnait un peu d'épaisseur à son ombre de freluquet. Deux heures après le début du tournoi, ce fut à Alain et Suraj de concourir. Gêné, Suraj annonça à son adversaire qu'il ne possédait pas de raquette. Alain lui en plaça une dans la main droite. Après un instant de concentration, Alain effectua un splendide service slicé, envoyant ainsi d'entrée de jeu son adversaire à un angle du terrain. Mais contre toute attente, ce dernier lui rendit tranquillement la balle, dans un coup droit élégant qui confinait à l'excellence. L'échange se poursuivit avec un *one-two punch* de Suraj, puis une montée au filet et un smash qui termina le point. Dans les gradins, les compétiteurs applaudissaient la maîtrise du petit cuisinier et certains se levèrent même pour signifier leur admiration. Quant à Alain, il tenta de garder la tête froide.

Malheureusement pour lui, les jeux suivants donnèrent tort à son assurance habituelle et il se fit purement ratatiner, au point de perdre en seulement deux sets, ce qui ne lui était jamais arrivé au cours de sa carrière au Club Med. Qu'à cela ne tienne, tandis que son adversaire souriait humblement à la *standing ovation* qui lui était offerte, Alain lui serra la main. Il le gratifia même d'une grande claque dans le dos qui signifiait « Respect, petit, et bienvenue au club », et lui proposa de boire une bière en son honneur.

— Seulement si elle est bien glacée, lui répondit le jeune cuisinier avec sérieux.

Plus tard, ils convinrent tous les deux de se retrouver aux aurores pour une session de ski nautique.

Le lendemain matin, Alain fit démarrer le *Beverly*, son bateau à la fière allure de conquistador aquatique. La corde jaune se tendit et Suraj se leva, droit sur l'océan qui ondoyait sous lui. Alain n'en revenait pas, le petit cuistot serpentait jusqu'à la barrière de corail avec une légèreté qu'il ne connaissait qu'à lui-même. Englouti tout entier par le spectacle du prodige mauricien, Alain effectua plusieurs tours, négligeant parfaitement les clients qui se massaient désormais sur le ponton. Lorsque les deux compères se décidèrent enfin à amarrer, ce fut une nouvelle salve d'applaudissements, plus forte encore que la veille, qui accompagna leur retour. Martin, le chef des sports, qui assistait au spectacle médusé, se dépêcha de quémander un rendez-vous auprès du directeur du club. Lorsqu'il en sortit, après le service de midi, il fonça aux cuisines.

— Suraj, enlève immédiatement ton tablier.

L'intéressé prit un air interloqué.

— Fini les cuisines !

— J'ai... j'ai fait quelque chose de mal ?

— Au contraire, tu es trop doué et tu as beaucoup trop de succès auprès de nos clients pour qu'on te cache ici. Si tu l'acceptes, le patron te nomme prof de tennis. Et ce qui serait bien aussi, ce serait que tu fasses tous les matins un petit tour de ski nautique avec Alain, histoire de faire venir les clients !

Dès le lendemain, Suraj commença ses nouvelles fonctions dans un bel ensemble blanc piqué d'un badge décrivant son poste. Les clients se succédèrent, ravis d'échanger quelques balles avec le petit phénomène du tennis, qui s'évertuait à clamer qu'il n'avait jamais pris de cours de sa vie, ce que tous prirent pour un mensonge éhonté. Mais Alain le savait, Suraj avait simplement été touché par la grâce sportive. Un soir, après le dernier cours de Suraj, Alain lui proposa de s'essayer à un ballet nautique qu'il avait imaginé dans l'après-midi. Tandis que Martin conduisait le *Beverly*, Suraj et Alain, sur deux sets de skis, entamèrent un slalom parfaitement synchrone. En pure harmonie, ils ondulèrent à droite, à gauche. Pendant les semaines qui suivirent, les deux compères perfectionnèrent leur binôme nautique et c'étaient désormais de véritables chorégraphies qu'ils effectuaient. Lors d'une matinée où ils se sentirent d'humeur particulièrement audacieuse, Suraj enleva ses skis et monta sur les épaules de son acolyte, qui le porta fièrement durant tout son *ride* maritime. Les inscriptions pour le ski nautique grimpèrent en flèche. Le lundi soir suivant, Alain anima au débotté un cours de *step* auquel il se rendit, pour faire rire la galerie, avec une perruque blonde à frange.

— Il faut qu'on te trouve un prénom de femme, du coup, lui asséna Martin.

— Eh ben, Beverly, comme son bateau, proposa Suraj, qui ne se tenait jamais loin de son ami.

— Ouais, mais c'est pas un prénom de sportive, Beverly, rétorqua Alain, comme si ce qu'il disait avait le moindre sens.

Suraj réfléchit, puisque ce sujet semblait le plus sérieux qui fût.

— Et pourquoi pas Beverlance ? La fusion de ton bateau et du prénom de ton coureur cycliste préféré !

— Allez, vendu, conclut en trépignant Alain, dont le comportement avoisinait celui d'un enfant sitôt qu'il était en compagnie de son « âme frère », comme il aimait à appeler Suraj.

Ainsi, la foule de femmes en maillots de bain accueillit son prof de *step* d'un soir en hurlant « Beverlance, Beverlance ». Et ce surnom resta trois longues années, les plus belles de leur vie. Lors de leur quatrième saison, alors que les deux comparses, par ailleurs occupés à flâner pour l'un et à reprendre le commerce de pommes de terre de son père pour l'autre, se retrouvèrent pour la haute saison au Club Med, ils étaient bien décidés à se mettre, cette fois-ci, sérieusement à la planche à voile. C'est ainsi qu'en allant réserver une planche, un samedi après-midi, Suraj tomba sur un match de ping-pong qui piqua sa curiosité. Et pour cause, il était disputé par un beau quinquagénaire aux cheveux argentés et une grande blonde dont le maillot ne cachait aucun de ses remarquables attributs féminins. Quelques conversations plus tard, la blonde aux cuisses de jument et aux yeux de hibou offrit une bière glacée à Suraj qui en oublia tout à fait ses engagements de planche à voile. Dix jours suffirent à Suraj et Huguette, de son prénom, pour se lancer dans une relation sérieuse. Suraj avait l'habitude que des Blanches le courtisent. Ça lui arrivait tout le temps au club. Mais avec Huguette, c'était différent. Pendant les jours qui suivirent leur rencontre, Suraj délaissa Alain. Les mois passèrent, Huguette enchaînait les allers-retours entre Paris, où elle vivait, et Port-Louis, capitale de l'île Maurice, et Suraj se laissa aspirer par les histoires que lui racontait sa belle sur les montagnes pyrénéennes où les cyclistes aimaient grimper des cols si hauts qu'ils y disparaissaient parfois pour toujours. Suraj passait ses matinées pendu au téléphone de l'hôtel. Alain, quant à lui, cuvait son mal en silence, sans avouer à son ami que cet amour naissant lui causait un chagrin innommable.

Quand décembre débarqua à la Pointe aux Canonniers, Huguette offrit à Suraj un billet pour Paris, et ce fut directement dans l'aéroport qu'elle se mit à genoux et le demanda en mariage. Suraj accepta, sans trop comprendre que cette décision s'apprêtait à changer son existence de façon irrévocable. Il ignorait que le père d'Huguette, l'homme aux cheveux argentés, et sa femme mettraient tout en œuvre pour lui rendre la vie pénible, et que les Français, ceux qu'il avait toujours accueillis avec chaleur et diligence dans son propre pays, n'en feraient jamais de même pour lui. Il ne savait pas encore qu'il ne lui serait jamais permis d'être complètement français, ni jamais plus d'être complètement mauricien. D'un seul petit « oui » dans un aéroport, là où les destins prenaient de la hauteur, Suraj scella un avenir au ras du sol. Et cela, Alain aurait pu l'en avertir, grâce à son étrange omniscience, mais il n'en fit rien. À la place, il appuya sur les mauvais boutons. Un soir qui précédait le départ de Suraj, Alain intercepta son ami dans la petite maison au toit de chaume qu'il partageait avec trois autres G.O. Il s'assit sur le lit de Suraj et adopta un air grave que personne ne lui connaissait. Et pour cause, il n'avait jamais eu quoi que ce soit de douloureux à leur annoncer ou à leur prédire.

— Tu fais une connerie, Suraj.

— Qu'est-ce que tu dis ?

— Je pense que tu ferais mieux de rester ici, plutôt que de partir pour une femme.

— Je sais pas ce que t'imagines, mais c'est pas un caprice, j'aime Huguette et je vais l'épouser.

Alain fit une pause pendant laquelle il choisit minutieusement ses mots.

— Je ne me vois pas vivre sans toi ici, Suraj.

— C'est-à-dire ?

— C'est-à-dire que tu es devenu toute ma vie. Tout ce que j'ai construit, je l'ai construit avec toi. Si tu pars, je ne sais pas ce que je vais devenir.

Suraj marqua à son tour un temps d'arrêt, pendant lequel il scruta son interlocuteur, sans doute avec plus de hargne qu'il ne le souhaitait vraiment.

— Mais t'es pédé ou quoi ?

Alain resta stoïque.

— J'ai rien contre les pédés mais j'en veux pas dans mon cercle.

Ce sont moins les propos homophobes de Suraj qui heurtèrent les sentiments d'Alain que son expression de dégoût.

Comment Alain pouvait-il lui expliquer que son orientation sexuelle, quelle qu'elle fût, n'avait rien à voir avec leur amitié ? Comment lui faire comprendre que leur fusion était exceptionnelle et qu'elle ne se rangeait dans aucune case ? Alain savait qu'il ne le pouvait pas, car Suraj n'avait pas les armes nécessaires pour apprécier la dualité du cœur humain. Alain fit tout pour cacher l'immense déception que représentait ce petit homme au gros ego qui se tenait en face de lui, ce sportif sublime au visage d'enfant qui ne savait sonder correctement la nature humaine. Plutôt que de déclencher une vaine dispute, le G.O se leva paisiblement pour quitter la chambre. Lorsqu'il arriva sur le pas de la porte, et sans se retourner, il mit un point final à trois ans d'une entente parfaite : « Au revoir mon ami, au revoir mon frère. »

23

— Et tu n'as plus jamais vu papa ? Elle est triste ton histoire, je chuchote.

— Non, elle n'est pas triste, Indira, elle est belle au contraire.

— J'ai honte de lui.

— Il ne faut pas, ton père a réagi comme il a pu. Ce n'est pas lui qui parlait ce jour-là, c'est sa mère, son père, ses frères et sœurs, ses copains, la télévision. Lui était beaucoup moins intolérant qu'il ne voulait le faire croire.

— Qu'est-ce que t'en sais ?

— Je le sais, c'est tout.

Beverlance fait craquer ses doigts de pied nus.

— Et puis ton père, je lui dois la vie…

Beverlance ménage son effet en marquant une nouvelle pause. Quant à moi, je peine à croire que ce voyage et ces révélations sont réels.

— Il y a quelques années, on m'a diagnostiqué un sale cancer du foie. Ironique quand on sait que j'ai jamais bu une goutte d'alcool, pas vrai ? Ton père l'a appris par Jackson, avec qui je prenais des cours de taekwondo.

Je cesse de respirer, attendant que la suite tombe. Je la sais capable de renverser ce qu'il reste de mes a priori sur mon père.

— Suraj est venu me voir à l'hôpital, les bras pleins de photos de nous. J'ai passé du temps à les regarder. On ne ressemblait plus aux deux gars des photos depuis longtemps. La vie nous était passée dessus, putain. Ton père était malheureux, encore désespéré par sa rupture avec ta mère. Moi, j'étais malade et j'avais rien fait de bien notable de ma vie. J'allais crever sans famille, sans trop d'amis et sans avoir fait carrière. Suraj est venu tous les jours pendant trois semaines. Il s'asseyait au bord de mon lit sans parler et on regardait le sport à la télé. Quand il a fallu me faire une greffe, personne n'a répondu présent. Mes parents étaient trop vieux et, de toute façon, personne n'avait pardonné mon exil. Mais ton père a pas hésité. Je te jure, pas une seconde ! Il est allé voir mon chirurgien pour lui annoncer qu'on pouvait immédiatement lui enlever un bout de son foie. Le toubib lui a dit qu'il devait bien réfléchir d'abord, qu'une telle décision, c'était pas sans conséquences, mais Suraj a refusé d'attendre une minute de plus. Je l'ai imploré de pas faire cette bêtise. J'avais peur qu'il ne regrette ensuite, tu comprends ? Mais il n'a rien voulu écouter et, après les tests, on nous a déclarés compatibles. Le lendemain, il se faisait opérer. On m'a greffé un bout de son foie. Un morceau de mon ancien frère. On nous a ensuite placés dans la même chambre. Une nuit où ton père était ultra-faible et vomissait ses tripes, une infirmière de nuit est entrée dans notre chambre. Elle était obèse,

166

d'origine est-asiatique je pense, les yeux bridés. Elle avait une bouche immense. Quand elle a soulevé le drap de ton père pour retirer son bandage et vérifier la cicatrice, il s'est mis à hurler. Je ne pouvais pas le raisonner. Il avait l'air complètement effrayé. En fait, cette femme…

— C'était la dame de son cauchemar, je dis dans un souffle.

— Oui, c'était bien elle. Ça faisait cinquante ans qu'il la voyait la nuit, tirer sur sa chair comme on tire sur un bandage.

— Putain… j'y crois pas.

— L'infirmière s'est pas vexée. T'inquiète qu'elle en voyait d'autres ! Elle a juste essayé de le calmer et a retiré tranquillement le bandage. La cicatrice était infectée ! Deux heures après, Suraj était de nouveau au bloc pour une petite chirurgie et moi, je suis resté sur mon lit comme un con. J'étais mort de culpabilité. Mais quand ton père est rentré de la salle de réveil, il avait une expression que je lui avais jamais vue. Il s'est redressé comme il a pu sur son brancard et m'a chuchoté : « Toute ma vie j'ai cru que cette femme allait me tuer. En fait, elle m'a sauvé la vie. » D'un coup, il est devenu différent, comme si sa malédiction avait été levée. Il savait qu'il allait vivre.

— Tu crois qu'il avait un don ? Genre de voir l'avenir dans ses rêves ?

— Je pense que ton père était un mec sensible. Ce qui est sûr, c'est qu'on a compris ce jour-là que notre destin avait toujours été d'atterrir dans cette chambre d'hôpital. On était prédestinés à passer ces quelques jours là-bas, et ton père à me sauver la vie.

Je reste là, un peu interloquée, à regarder Beverlance. Je me demande si j'ai hérité de cette capacité de mon père à voir l'avenir, plus ou moins déformé, dans mes rêves. Mais force est de constater que tous ceux qui incluaient le glorieux Ludovic et moi dans un même lit contredisent cette théorie.

— À partir de là, ton père a viré mystique. Mais aucun guide spirituel, si compétent soit-il, ne peut prémunir contre le cancer. Aucun homme ne peut contourner les destins.

J'ai toujours cru que mon père était un cartésien pur sucre. Même quand il allait au temple ou à l'église – car pour lui peu importaient les divinités, ce qui comptait, c'était d'être pieux –, je croyais qu'il le faisait pour la forme. J'apprends désormais qu'il faisait des rêves prémonitoires et que le dernier en date l'avait poussé vers une quête existentielle. Connaît-on jamais les gens qui nous donnent la vie ? Que sais-je, finalement, de cette femme à trois rangées de moi, qui montre des photos de son infâme roquet à son amoureux transi ? Qui me dit qu'elle ne mène pas une double vie et que son métier d'hôtesse de l'air ne dissimule pas une activité illégale de type vente d'armes à feu ou trafic de cocaïne ?

— Je peux te poser une question, Bev ? je me risque à demander, avec le sentiment que nous sommes devenus intimes.

— Toutes celles que tu souhaites.

Je prends une grande respiration par le ventre, comme l'ancien prof de ski nautique nous l'a appris hier.

— Tu… Tu… Tu étais amoureux de mon père ?

Bev, puisque c'est ainsi que j'ai envie de l'appeler désormais, rit tranquillement, ses yeux plissés dessinant des rigoles sur ses pommettes.

— Je suis hétéro, Indira. Je n'ai jamais été attiré par ton père, contrairement à ce qu'il a cru. J'étais juste fondamentalement ami avec lui. J'aimais son âme. Tu sais, la société ne valorise que l'amour romantique, mais il existe plein de formes d'amour platonique qui devraient être considérées avec la même sacralité. Tu n'as jamais trouvé ça fou, par exemple, que le seul + 1 qu'il soit convenable d'amener à un mariage soit une personne avec qui tu entretiens un amour romantique ? Pourquoi ne pourrais-tu pas venir avec ton meilleur ami, avec une vieille tante ou avec un professeur, par exemple ? Pourquoi la pratique du sexe, puisqu'il ne s'agit que de cela, devrait-elle prévaloir sur toute autre forme de connivence ?

— Je t'avoue que j'avais jamais pensé à ça. De toute façon, j'aime pas les mariages.

Bev rit de nouveau, et je me déteste d'avoir haï cet homme au seul motif qu'il me semblait excentrique. Ai-je appliqué avec Bev le même rejet ignare que mes grands-parents avec mon père ? Quand finit-on vraiment d'avoir peur de tout le monde ?

— Tu sais, tu peux arrêter d'être une adolescente avec moi, Indira.

— Qu'est-ce que tu veux dire ?

— Que ta manière de crier que tu n'aimes jamais rien, surtout ce qui a trait au bonheur des autres, c'est un comportement d'ado.

— C'est pas vrai.

Bev rit encore plus fort et je me remets à le détester, ce qui doit précisément donner raison à ce qu'il vient tout juste de subodorer.

— Comme tu veux ! Mais sache que tu ne trompes personne. En tout cas, moi, je ne suis pas dupe. Tu te refuses à pleurer parce que tu crois que pleurer, c'est pour les filles, et que pour toi, être une fille, c'est n'être pas assez bien pour ton père.

24

Bénie soit Lison qui choisit cet instant pour réclamer la place qui lui est due, m'épargnant la suite de cette séance de psychanalyse improvisée. Beverlance s'en va comme il est venu : à grand renfort de tractions entre deux accoudoirs. Quant à moi, je suis fébrile. Les confidences de Ludovic et de Bev agissent comme les joints de Dris et font un peu brûler ce qui vit sous ma poitrine, mes poumons et mon cœur, mon œsophage et ma trachée, comme si on m'avait injecté un décontracturant liquide, l'un de ces fluides qui font mal avant de faire du bien. Je régresse. Je redeviens l'individu minuscule que j'étais avant de rencontrer Lison. Et comme ça, tout naturellement, j'ai besoin de ma maman. Un regard par-dessus mon épaule m'apprend qu'elle est maintenant plongée dans un polar à succès, rangée 10. Je décide qu'il est de mon devoir de l'empêcher de lire une telle bouse – sans avoir lu aucun roman de l'auteur, je tiens à conserver tous mes a priori le concernant, car je hais l'idée qu'un gars ponde huit romans par décennie quand je ne suis toujours pas parvenue à dépasser l'incipit du mien.

— Ça va, maman ?

— Ça va, et toi, mon vieux Chinois ?

— Maman, putain de merde, tu te rends compte que c'est raciste de m'appeler « mon vieux Chinois » ?

— T'es comme ton père, tu vois du racisme partout.

— Et pourquoi ça, à ton avis ?

Manifestement pas encore au courant du fait que je ne suis pas blanche, ma mère réplique :

— Tu sais très bien, mon vieux Chinois…

Elle prend le temps d'articuler chaque syllabe afin de solliciter mon exaspération, car elle a beau s'en plaindre, c'est encore comme ça qu'elle me préfère : exaspérée.

— Tu sais très bien que je t'ai donné ce sobriquet parce que quand t'es née, tu ressemblais à Jian, le vieux du restaurant dans le 15e. Comment il s'appelle déjà, ce resto ?

Je soupire, résignée. Essayer de faire changer ma génitrice à ce stade-ci de son existence, c'est peine perdue.

— Tu sais, là où ils font cette merveilleuse soupe de canard laqué !

— Jia Yan, maman.

— Ah oui voilà, Jia Nian.

— Jia Yan !

— Quoi ?

— Rien.

Ma mère regarde par la fenêtre comme une reine contemple son royaume. Dans son chignon haut, aujourd'hui, elle a planté des épingles à strass et, quand la lumière du car s'y loge, on dirait qu'elle porte une couronne d'étoiles.

Elle a toujours le visage calme, reposé. Comme si ses trente-cinq années à voler de Paris à Ouagadougou, puis de Ouagadougou à je ne sais où, ne l'avaient jamais fatiguée. Elle est courageuse, ma mère. Elle est fière. Elle est toujours vibrante. Et pourtant, elle ne dort jamais. Enfin si, trois heures par nuit, cinq lorsqu'elle est en vacances, héritage de sa vie de jet-lags. Parfois, elle a *l'air* calme, mais il y a sans doute dans ce coffre moucheté de taches de rousseur des tempêtes intérieures auxquelles personne n'a le droit d'assister. Ma mère a appris depuis longtemps que lorsqu'on est une femme, la survie tient à bien peu de choses, et garder ses tempêtes pour soi est un moyen de résister.

— Tu te souviens comme tu étais pénible quand tu étais petite ?

Et voilà. Elle aura tenu cinq minutes.

— Tu ne voulais jamais jouer. JAMAIS. Je t'emmenais au parc pour pouvoir lire tranquille, mais tu faisais un tour de toboggan et venais t'asseoir à côté de moi sur le banc aussi sec. « Ça y est, maman, j'ai fini. » Et moi, je n'avais même pas eu le temps d'ouvrir mon bouquin.

— Qu'est-ce que tu veux que je te dise ? J'ai pas aimé être une enfant, c'est tout.

— Ah ça, tu n'as même jamais été une enfant. Avec tes marottes bizarres, là…

Son visage accuse une fracture étrange. À gauche, le calme habituel, à droite… Non, c'est impossible. Serait-ce de la tristesse ? Je me penche discrètement pour étudier cette émotion qui lui conférerait presque un air d'être humain.

— Tu te souviens, le cirque que tu nous faisais lorsqu'on voulait déposer dans ton assiette la moindre feuille de salade ? Tu disais que tu ne voulais pas la manger parce que tu étais assise sur une chaise en plastique blanche et que tu ne supportais pas la combinaison crudités-plastoc incolore.

— Excuse-moi mais je ne vois pas bien le rapport de ce procès rétrospectif avec ce dont on était en train de parler.

Et ma mère de poursuivre, comme si je n'avais pas prononcé le moindre mot :

— Ton histoire de salade et de chaises blanches en plastique, ça faisait chier tout le monde à la Grande Joie. Il n'y a que ton père que ça faisait marrer. Et Dieu sait qu'il se marrait pas souvent ! Un jour, il est parti à vélo jusqu'à l'embarcadère, il a pris le petit bateau de fer, avec le type qui pilotait. Comment il s'appelait, déjà ?

— Pascal, maman.

— Ah oui, Pascal. Il doit être mort et enterré maintenant.

Je n'ose pas contredire ma mère, dont la nostalgie défait les joues, le menton et la gorge.

— Bref, ton père était parti vingt-quatre heures avant tout le monde. Il avait pris son vendredi exprès. Et quand on est arrivés le samedi, il avait repeint toutes les chaises du jardin. Les sièges en plastique blanc étaient devenus roses et bleus, et toi, tu as pu remanger de la salade.

Elle marque une pause dans son récit, recoiffe la frange sous sa couronne d'étoiles.

— Il était souvent con, ton père, mais parfois, il était merveilleux.

Et soudain, sans que rien nous y ait préparées, là, dans ce car jaune, ma mère et moi nous faisons face, sans moquerie, sans ce cynisme si massivement cultivé depuis trente ans qu'on pourrait le remporter à l'infini. Quelque chose passe entre nous, une énergie, une ombre ou plutôt une foudre, comme une condamnation à s'émouvoir. C'est l'effet que ça me fait.

— Il me manque, ce con.

C'est tout. C'est peu. Et pourtant, c'est immense, cette révélation, si banale pourtant, si évidente pour certaines familles. Cette notion, le manque, je ne l'avais pas anticipée. C'est ça peut-être, le vide, le truc qui creuse l'estomac. C'est humain. Les gens écrivent des livres dessus, alors peut-être que ça existe.

Derrière nous, une vallée défile, splendide, encastrée dans des collines mousseuses. Nous arrivons aux abords d'une commune dont les toits en tuiles ocre semblent avoir été déposés d'une seule main de géant entre une kyrielle de cyprès. Un panneau, à quelques dizaines de mètres, m'indique que nous nous trouvons à Cahors. Si j'en crois ce que vient d'annoncer Laurent, et je le crois, il ne nous reste que trois grosses heures de route avant d'arriver enfin à Montauban-de-Luchon.

Ma mère me parle de son père à elle. Un autre mort, parti il y a dix ans. J'ai vu pas mal de personnes dans des cercueils, un peu trop à mon goût d'ailleurs : mes grands-mères, mon grand-père maternel, deux de mes tantes, mon oncle, mais aucun ne m'a donné l'impression d'être aussi décédé que mon père.

Qu'y a-t-il de plus ironique que mon père, plus grand sportif, plus grand mangeur d'épinards, plus grand anti-fumeurs, anti-gluten, anti-gras, anti-sucre, anti-deux roues motorisées, anti-armes, anti-tout ce qui fait mourir au monde, soit décédé à seulement soixante ans ? Existe-t-il plus drôle qu'un homme qui meurt avant d'avoir atteint l'âge de la retraite, alors qu'il a passé toute sa vie à craindre que l'État ne la lui sucre ? Ma mère continue à me parler et, dans ses Aviator Mirror, je regarde mon visage crépiter. Mon menton forme de petits trous adipeux, comme si j'avais de la cellulite au visage. Mon faciès coule, tel celui de Laurent. Et que fait Laurent, d'ailleurs ? Pourquoi fait-il semblant d'être déjà crevé alors qu'il est là, bien vivant, et que mon père est mort, complètement mort ? De quel droit tous ces gens pleurent-ils quand on évoque mon père alors qu'ils sont aussi joufflus qu'il est décharné, poussière d'os et de dents qui voltige dans un récipient ? Non, personne ne me semble plus mort que mon père.

25

J'ai soudain une petite idée. Je fonce à ma place initiale en écrasant volontairement les pieds de Ludovic, attrape mon micro-sac et me rassois à côté de ma mère, où je sors mon petit carnet et un stylo de ma poche de jean. Je laisse passer quelques pages, pour bien marquer un arrêt entre mes pensées d'hier (une sorte de roman érotique ayant quelque peu mal vieilli, impliquant Ludovic et ma personne) et ce que je m'apprête à écrire.

« Mon papa,

… »

J'ai à peine le temps d'écrire quelques lignes de l'hommage que je prononcerai tout à l'heure que ma mère suggère à tout le monde de faire une petite pause à Cahors, histoire de prendre l'air. Les autres, qui en ont sûrement par-dessus la tête de ce voyage, lui rétorquent qu'ils aimeraient pousser jusqu'à Luchon. Je reprends :

« Mon papa,

Tu nous manques, tu sais. »

Mon Dieu, quelle honte ! Si c'est pour dire un truc aussi naïf, autant se taire.

« Papa,

Tu nous auras bien fait chier pendant soixante balais. »

Non mais pour qui je me prends ?

« Suraj,

C'est ainsi que tu t'appelais, toi qui es parti trop vite. »

Pire que tout. J'ai le temps de pondre une trentaine d'amorces ineptes avant d'apercevoir poindre au loin une ville dont j'avais oublié que je l'aimais tant. Alors que je n'y ai pas mis les pieds depuis cinq ans, je devine ses toits, ses enseignes. Luchon et ses séquoias, ses vallées, ses lacs, ses loups, son ours, ses chevreuils, ses cerfs et ses milliards de souvenirs, sans doute plus vivaces que ceux de mon île. La première fois que j'ai foulé cette terre, sacrée pour mon père, j'étais en CP. À l'école, à Levallois, j'étais l'une des seules gamines « bronzées », comme on disait à l'époque. L'autre dans ma classe, c'était Tamara, une petite fille adoptée au Brésil par de riches entrepreneurs immobiliers. Tamara était différente des autres gosses. Plus insolente, plus tempétueuse, plus fugueuse aussi. Elle disparaissait souvent et je trouvais ça très classe.

Moi, je suis tombée sous le charme de Tamara la première fois que je l'ai vue. On est devenues copines tout de suite, envers et contre l'opinion de mes autres camarades, qui la trouvaient bizarre. Tamara était la petite fille la plus riche de l'école. Ses parents adoptifs possédaient des dizaines d'immeubles de luxe à Paris, et elle vivait dans un appartement levalloisien dont la terrasse en faisait complètement le tour. À l'intérieur, il y avait des tableaux de maître et des secrétaires recouverts de feuilles d'or. Chez Tamara, tout n'était que richesse, mais personne ne semblait s'en rendre compte. Elle déambulait parmi les meubles luxueux qui seraient un jour siens sans leur prêter attention. Un hiver, les parents de Tamara m'ont emmenée passer une semaine à Luchon, dans leur chalet semblable à aucun autre, fait d'un bois noir, presque menaçant, aux abords d'une grande forêt. Toute ma vie j'avais été une gamine modèle, mais avec Tamara je me sentais pousser des ailes de délinquante et nous commettions toutes sortes de minuscules délits : des rayures à la clé sur des voitures ou encore des fugues de trois heures d'une intensité inouïe. Plus tard, mes parents seraient invités dans le chalet de Tamara, mon père tomberait amoureux de la ville et je ne fuguerais plus jamais.

Alors que nous sommes proches du but, Lison réclame à ma mère sa dose rituelle de nicotine.

— Oh, et puis après tout, on n'est plus à dix minutes près, chante ma mère d'une voix d'opérette, allez donc me glaner un maximum de cancers !

J'escorte la troupe des chargés des bronches, précédée par Dris.

— Pas trop fatigué ? Tu t'es pas assez reposé cette nuit ? je lui jette, comme s'il devait répondre de ses actes sentimentaux devant un tribunal composé de moi-même.

— Ça ne vous va pas, le sarcasme, ma chère. Vous êtes la première à goûter à tous les plaisirs de la vie, ne me reprochez pas les miens.

Ah, le salaud !

— Comment tu te sens ? me distrait Lison qui, excitée par l'imminence de notre accomplissement, fume sa cigarette en seulement trois lattes.

— Mais bordel, vous allez arrêter de me demander ça toutes les deux minutes ? Je vais excessivement bien, ça se voit pas ?

— Oh, eh, sur un autre ton, la gosse ! Si on te demande ça, c'est parce qu'on t'aime, me réplique France qui sort la tête par la fenêtre. Non mais l'autre, on lui demande comment elle va et elle gueule !

— Pardon, je bredouille. C'est juste que j'étouffe un peu avec tous ces yeux braqués sur moi.

— Personne n'a les yeux braqués sur toi, mon enfant. On est là pour rendre hommage à ton père, pas pour fêter ton nombril.

Lison et Blanche rient de me voir vexée, et m'offrent une étreinte collective qui me laisse un sale sentiment de solitude.

— C'est bientôt fini ! clame Lison. Tu vas pouvoir prononcer ton discours, on va dire un petit mot aussi, et puis on laissera ton père s'envoler.

— Et après on ira bouffer des crozets, ajoute France.

— Les crozets, c'est en Savoie, précise Séraphin, à qui il ne manque jamais la moindre information sur quoi que ce soit – ni le besoin de la partager avec le tout-venant.

Ma mère, dont la patience a ses limites et qui a surtout hâte de rentrer à Paris voir *La Dame de chez Maxim*, nous crie depuis une fenêtre :

— Dépêchez-vous, les cancéreux !

Et la petite troupe de remonter dans le car. Je m'assois derrière Jackson, qui montre une vidéo de sa fille au glorieux Ludovic. Jackson pouffe de rire et Ludovic reste de marbre, comme absorbé par son monde intérieur. Je ne suis pas la seule à désirer une réclusion intime. Sans doute Ludovic habite-t-il en pensée la chambre d'hôtel de la nuit passée. Sans doute est-il resté dans l'Annapurna.

26

Alors que le périple touche à sa fin, environ vingt-quatre heures après son terme présumé, j'éprouve un certain vague à l'âme. La nostalgie, non pas de cette aventure, mais de ma relation avec mon père. Entre ces conifères repose le secret le mieux gardé du Sud-Ouest : mon père et moi nous sommes aimés. À notre manière, sans trop savoir y faire. Vous lui auriez demandé le nom de mon école supérieure ou ceux de mes amis proches, il n'aurait pas su répondre précisément. Mon père était de ces hommes qui n'écoutent pas les filles. Et encore moins la leur. Je n'excuse en rien sa misogynie, mais par souci d'exactitude, je me vois dans l'obligation de préciser qu'il était pétri des pudeurs d'ailleurs, que pour lui, aimer, c'était flou sinon interdit, au moins dangereux pour le cœur.

Il avait hérité de son père la rigueur de ne rien révéler de ses élans, d'aimer pudiquement, même sa propre fille. Du pays de mon père, je ne connais que les soirs paresseux dans les lagons, je ne connais que les échoppes où l'on déjeune de mines frits et de gâteaux en cheveux d'ange, je ne connais que la piété de Didi, mon oncle préféré, celui qui n'a pas de nombril, je ne connais que les couchers de soleil mauves, les poissons nervurés de squames d'argent, je ne connais que les légendes et la chaleur, les rires et la pudeur.

Mais que sais-je au fond de la poigne, toujours serrée, d'un père qui ne tolère pas le moindre écart ? Mon grand-père était injurieux et alcoolique, mais il paraît qu'il traitait tous ses enfants de la même manière. Garçon ou fille, si l'un ou l'autre manquait à ses devoirs, la sentence était tout aussi terrible. Et puis il n'avait pas de temps à accorder aux pleurnicheries, comme il les appelait, parce qu'il passait sa vie entre Maurice et Rodrigues, à vendre des patates et des animaux malades pour nourrir toute sa marmaille. Alors il fallait que ça file droit. Où était la place pour les confidences sur l'école ? Sur les premières petites copines ? Sur les premières fêtes ? Sur la puberté ? Où était la place pour les interrogations d'enfant ? Pour les grandes tristesses ? Les folles déceptions ? La seule fois où mon père a parlé au sien à cœur ouvert, c'était à un dîner au restaurant que ma tante Tia m'a raconté hier. Mon grand-père y avait invité tous ses enfants, un jour où il avait bien fait tourner la boutique. Les garçons s'étaient sentis plus virils que jamais, à entrer dans le clan de ceux qui sont dignes de manger à la table du père, ceux qui toussent fort, crachent par terre et boivent du whisky. Mon père était fier, lui qui était encore si petit. Il allait au restaurant pour la première fois, avec ses grands frères et ses grandes sœurs, et surtout avec son père, cet homme large au visage de marin empâté, cet homme qui en était un vrai, avec un portefeuille en cuir et des cure-dents. Ils avaient commandé des boulettes de poisson, de la bière glacée, des faratas, des caris gros pois et des mines frits pour tout le monde. Ce soir-là, un mois avant la mort de son père, le mien avait pu parler de son école et de la bonne note qu'il avait obtenue en anglais. Il lui avait répondu que c'était la moindre des choses, en le gratifiant tout de même d'une tape sur l'épaule. Mon père avait vrombi de fierté. Et puis cet homme, le plus viril de tous ceux que mon père avait connus, est mort. Il ne lui fut plus jamais possible de s'entretenir avec lui.

Plus j'apprends à connaître mon père, bien plus mystérieux que ce que j'imaginais, plus je m'attache à lui. C'est ironique quand on sait que ni lui ni moi ne pourrons aller plus loin dans notre complicité mutuelle. La route serpente encore un moment entre les plaines et les montagnes et ma gorge brûle. Je visite mon pays intérieur les yeux fermés, quand une odeur épaisse et âcre me chatouille les narines. Autour de moi, le monde s'agite, je le sens, et pourtant je n'ai aucune envie d'ouvrir les yeux. Je rêve d'ignorer le brouhaha, de laisser les autres à leurs histoires et de rejoindre mon père. Mais quand on sait qu'il y a eu plus de cent milliards de morts depuis la naissance de l'humanité, arriverai-je un jour à lui mettre la main dessus ?

On me tape sur la tête. Je m'apprête à réprimander vertement le ou la responsable de cet outrage lorsque je m'aperçois que tout le monde se rue à l'avant du car. De la fumée s'élève du fond du véhicule, et des flammes lèchent plusieurs rangées. Simone qui n'est plus Simone freine bruyamment, les portières avant de l'autocar s'ouvrent et la troupe se jette dehors. Lison m'entraîne dans sa course sans que j'aie le temps de comprendre ce qui se passe. Dehors, Tia tousse, ma mère hurle « Éloignez-vous, vite ! » tandis que Séraphin balance le contenu d'une dizaine de bouteilles d'eau de trente-trois centilitres sur le véhicule. Autant essayer d'abattre un âne avec des figues molles. Mes camarades de voyage se rassurent les uns les autres quant à leur état de santé. Je suis encore un peu sous le choc de ce réveil brutal, mais ce n'est rien comparé à Laurent, qui est tapi sous un arbre et tremble de tout son corps, son visage enfoui dans ses mains, se parlant à lui-même comme dans une prière.

— *Is everyone out of the bus* ? demande Jackson, tandis que Ludovic compte les rescapés de l'incendie.

Mais alors que tout le monde semble répondre présent, Blanche pousse un hurlement.

— La mallette de backgammon !

La vie de mon père défile devant moi. Sa vie en micro-slip de bain ou en jean délavé et marcel Billabong, sa vie avec nous et sa vie cachée, dans les bras de gens que je connaissais et d'autres dont j'ignorais tout. Je pense à lui qui brûle pour la seconde fois, je pense à la sidération qui prévaut sur l'amour et j'ai mal au ventre, mais ça n'a plus rien à voir avec mon utérus, c'est plus haut que ça brûle à en décaper le fond. Et dire que j'ai échoué deux fois à sauver mon père ! J'observe, pétrifiée, comme pour deviner derrière la fumée les cendres elles-mêmes réduites en cendres. J'aimerais bouger. Je devrais bouger. J'ai honte de n'avoir toujours pas bougé. Tout drame shakespearien qui se respecte m'enverrait dans ce car, sans égard pour ma propre vie, sauver ce qui reste de mon père. Mais je n'y arrive pas.

À la place, la courageuse Blanche se jette dans le car et disparaît derrière une vitre enfumée, tandis que sa mère pousse un cri pareil à un râle. Pendant un quart de seconde, nous restons là, hébétés, puis Laurent court à son tour vers le véhicule en protégeant son visage de son chapeau de feutre, et pénètre dans l'engin. L'effroi emplit ma bouche de bile. Bravant les recommandations de ma mère, je monte sur le marchepied et aperçois Laurent hisser un corps sur ses épaules, sa silhouette avalée par la fumée. Tout à coup, une petite main me pousse, et je tombe à la renverse. Blanche saute du car, le visage noirci, et me piétine sans vergogne. J'ai à peine le temps de rouler sur le côté que Laurent se rue hors du véhicule avec la mallette en bois, qu'il tient contre son ventre comme une mère son enfant, et court mettre son trésor à l'abri, loin de l'engin en flammes. Autour d'eux, certains crient toujours, d'autres ont avalé leur langue, d'autres encore gesticulent. Mais lorsque Laurent dépose la mallette par terre, tout le monde retient son souffle. Il est trop tard pour le car, mais pas encore pour mon père.

27

Lorsque les pompiers arrivent, nous parvenons à peine à leur adresser le moindre mot, encore ébranlés que nous sommes par la presque deuxième mort du Mauricien en mini-slip. Les hommes en rouge arrosent notre fidèle véhicule, pour la forme principalement, car l'engin est bel et bien perdu pour la France.

Ma mère n'a pas le temps de demander aux secouristes le contact d'une dépanneuse qu'ils sont déjà partis. On aurait pu croire à un mirage. France est au téléphone avec la police pour déclarer l'« endommagement » du véhicule. Comme hier soir, quand tous les corps lourds d'alcool et de viande de porc formaient une ronde de danse, nous entourons la mallette de backgammon. Une moitié a survécu, mais l'autre est noire de suie. Étrangement, la situation n'est pas aussi affligeante que le suggère notre attitude recueillie. Après tout, cette aventure ressemble à celles que mon père aimait raconter. Ça lui aurait plu, cette affaire d'incendie et d'urne baroque à moitié cramée.

En tout cas, miracle de la science ou hallucination collective, la mallette a tenu le choc et ce qu'il y a à l'intérieur… demeure.

— On ne peut pas laisser Suraj là-dedans, c'est sinistre, déclare Laurent, le héros du jour.

— Je suis d'accord avec toi, Florian, répond ma mère. Il faut lui trouver une urne de secours.

Avoir sauvé un mort de la mort n'a pas rendu Laurent suffisamment admirable pour que ma mère retienne son prénom. L'intéressé ne semble pas s'en formaliser et hoche la tête. Ludovic sort alors de son sac, qu'il porte jour et nuit, un énorme bocal à anchois.

— C'est Maray et Reinier qui m'ont offert ça avant de partir, pour notre apéro de ce soir. Reinier les laisse macérer pendant des semaines.

Sans plus de cérémonie, ma mère vide le bocal à anchois sur le bord de la route, le rince abondamment à l'eau et le sèche avec sa blouse motif zèbre. Tranquillement, elle transvase le contenu de la mallette dans le bocal qui doit encore sentir le poisson. Mon père aimait la mer, j'imagine que ça ne le dérange pas.

Des oiseaux de passage se disputent les poissons au vinaigre. Un point fuchsia et argent déboule du haut de la route qui serpente jusqu'à nous. Mes amis piaillent sans s'écouter les uns les autres. Ils se plaignent que tous leurs effets personnels auraient brûlé avec le véhicule – Beverlance est particulièrement loquace à propos de la perte de son harmonium. Quant à moi, je serre mon petit carnet dans lequel j'ai fini par pondre quelques mots destinés à mon père. Je le presse si fort dans ma main moite qu'il est un peu humide. Le point fuchsia arrive à notre hauteur. C'est un cycliste d'environ mon âge. Sans casque. Mon père aurait hurlé. Son teint olivâtre, ses cheveux noirs et bouclés et son nez busqué m'indiquent qu'il est originaire du bassin méditerranéen. Une beauté de la nature, ou je n'y connais rien. L'homme fuchsia descend de son vélo sans que personne lui prête attention, à part moi.

— C'est votre car ? Que s'est-il passé ? me demande-t-il.

— Je n'en sais rien, il a pris feu tout à coup mais tout le monde va bien. Enfin, je crois.

— Mon Dieu, quelle chance vous avez eue ! réagit l'inconnu avec un sourire qui me fait immédiatement l'imaginer dans mon plumard. Vous devez tous mourir de chaud et de soif. Venez vous reposer un peu chez moi, je suis propriétaire de la boutique de location de vélos en haut de cette route.

Ma mère, qui a entendu, réunit tout notre petit monde.

— Allons nous rafraîchir un peu chez le charmant jeune homme !

C'est fou comme elle ne peut pas s'en empêcher, même quand l'humeur est plus qu'au désespoir. À se demander si elle serait capable de draguer à des funérailles – c'est une question rhétorique, elle l'est. Edmond, le caissier de la piscine de Puteaux présent à la crémation de mon père, peut en témoigner. Séraphin tire une mine de six pieds de long, sans doute parce qu'il se rend compte que ma mère flirte avec littéralement chaque individu masculin de cette planète sauf lui. Le jeune homme en question, qui secoue sa tête toutes les dix secondes pour repousser la masse insolente de ses boucles brunes, se présente à moi.

— Je suis Armand.

— Indira.

Nous nous serrons la main, et je regrette d'être à la fois moite et pleine de suie, car je laisse sur sa peau une coulée noire comme du mazout. Armand pousse son vélo et guide le troupeau, tel un Moïse digne et resplendissant. Dris nous emboîte le pas, sans doute attiré par ma nouvelle personne préférée. Fallait-il vraiment que j'aie exactement les mêmes goûts en matière d'hommes que mon ex ? Cruelle existence, pourquoi ne m'as-tu pas emportée en même temps que l'harmonium de Beverlance ?

— Qu'est-ce que vous venez faire dans les Pyrénées ?

Je déroule l'argumentaire habituel, car force est de constater que notre cheptel de personnalités éclectiques semble interroger tout le monde. Nous mettons un bon quart d'heure à rejoindre la boutique d'Armand, qui regorge de vélos imbriqués les uns dans les autres. Cette cabane est comme son propriétaire : simple et conviviale, ce qui ragaillardit l'ensemble de notre communauté. Seule France continue de répandre sa mauvaise humeur. À sa décharge, ses fidèles lunettes Tom Ford ont péri dans le feu et elle n'y voit plus rien. Heureusement, Jackson se propose de lui prêter sa paire de loupes de rechange.

Le reste de l'assemblée est surtout soulagé que personne n'ait succombé aux flammes. Laurent se tient collé contre une Blanche livide, comme si leurs âmes étaient liées depuis qu'ils ont bravé la mort d'un seul et même élan. La cabane à vélos sent les pins et le mois de juillet. J'aimerais frotter mes mains contre les murs puis les passer dans mes cheveux pour qu'ils sentent l'été tout le reste de ma vie. Armand offre une grande bouteille d'eau à chacun des *survivors*, comme Jackson a décidé qu'il convenait de désigner notre groupe désormais. Les *survivors* boivent à grosses lampées. Moi aussi, avec un plaisir exagéré et tout en dévisageant Armand, j'en fais couler un peu sur mon t-shirt. D'aucuns pourraient m'accuser de ne pas perdre le nord. Ils auraient parfaitement raison. Hélas, le beau loueur de vélos est trop occupé à être aux petits soins avec les autres pour succomber à mon 95D. Qu'à cela ne tienne. En me reconcentrant sur mon environnement, je remarque que Séraphin est blanc comme un linge. Non pas qu'il ait plus de couleurs d'ordinaire, mais sa quasi-transparence actuelle m'inquiète un peu. Lison, tout aussi observatrice que moi, m'interroge sur son état, comme si j'étais sa jumelle télépathique. Séraphin réclame soudain le silence. Apparemment, il a quelque chose à nous annoncer.

— Chers amis… je… je…

Il se tamponne le front avec un mouchoir de poche à carreaux et tousse un peu.

— Qu'est-ce qu'il y a ? Mais enfin, Séraphin, accouche, bon sang, le presse ma mère. Tu fais peur à tout le monde avec tes simagrées !

— Je… je… je crois que c'est ma faute si le car a pris feu.

— Comment ça ? beugle France.

— Quand les filles sont descendues fumer tout à l'heure, j'ai eu envie d'une petite cigarette. J'en ai toujours un paquet sur moi au cas où l'envie me prendrait, même si je ne fume plus depuis des années, comme tu le sais, Huguette. Je suis allé fumer derrière le car, mais je n'ai pas eu le temps de finir que tout le monde était déjà remonté, alors je l'ai éteinte à la va-vite et je l'ai fourrée dans le sac en papier où je gardais un peu de viande séchée au cas où, et puis j'ai jeté le tout dans la poubelle au fond du car. Mais maintenant que j'y pense, avec la précipitation, je crois qu'elle a dû mettre le feu au sac puis à la poubelle, puis aux rideaux, oh là là…

Pendant que le lézard à lunettes se répand en culpabilité, mon cœur ramollit. Que Séraphin, le plus moralisateur d'entre nous, fume des clopes en cachette, prouve qu'il a finalement la vulnérabilité nécessaire au mensonge. Et aussi bêtement que ça, je suis touchée par ce petit homme, qui joue la carte de la perfection morale dans l'espoir vain de séduire une femme qui ne l'aimera jamais en retour. Cette révélation touche toutefois moins les *survivors*, dont Ludovic, qui accuse Séraphin de nous avoir tous mis en danger pour des « clopinettes » – ce qui m'apprend que le glorieux marsouin a finalement le sens de la formule –, et France, qui le somme de lui faire un virement dans la semaine pour rembourser ses Tom Ford. La plupart des femmes se taisent, histoire de ne pas accabler davantage le pauvre lézard, qui me semble de plus en plus petit et fragile à mesure que le week-end passe. Beverlance entraîne Séraphin par le bras, et l'oblige à quelques rituels méditatifs pour l'aider à se calmer.

— Ça apaisera ton esprit intranquille, tu verras, mon ami.

C'est le moment que choisit Armand pour demander notre attention.

28

— Dites-moi, les petits potes, comment comptez-vous monter le col maintenant que votre engin a cramé ? Il y a bien un bus, mais pour ça, il faudrait déjà que vous vous rendiez à l'arrêt, et il est pas à côté. Je peux faire des allers-retours avec ma voiture pour vous y amener mais ça va être long, surtout que les premiers vont devoir partir et attendre les autres, et ainsi de suite. Ça va être pénible !

— Peut-être qu'on peut louer un car dans les parages ? hasarde Lison.

— Non, il n'y a rien dans le coin, répond Armand.

— On pourrait y aller à pied et attendre le bus alors, propose ma tante Tia.

— J'ai une idée *but you're gonna hate it*, annonce Jack, que tout le monde écoute toujours avec la plus grande des attentions. *Don't you think that* le plus bel hommage qu'on peut rendre à Suraj est de monter au col à vélo, *all together* ?

— *Monter au col* ? couine une Tia superbement ignorée par l'instigateur de cet épouvantable projet.

— C'est pas une mauvaise idée, répond Armand, j'ai assez de vélos pour tout le monde, et en pédalant bon train vous atteindrez vite le pied de Superbagnères. À sept kilomètres à l'heure, vous mettrez environ deux heures trente pour atteindre le sommet.

Le silence se fait. Puis tout le monde donne son avis bruyamment – souvent peu favorable à l'expérience. Seuls les amis de mon père se sentent capables d'une telle performance.

— Enfin vous n'y pensez pas, charmant Armand ! tonne ma mère. Certaines personnes de notre groupe sont en piteuse santé. Voyez comme ma fille sait à peine lever les bras au ciel.

Armand, manifestement amusé par tout ce remue-ménage, réplique sans me laisser le temps de défendre ma dignité honteusement piétinée :

— Rassurez-vous, j'ai un gros break et je peux prendre les plus fatigués avec moi. Pour les autres, je peux vous équiper, vous donner de bonnes barres protéinées et de l'eau en quantité pour tenir jusqu'en haut.

— On va quand même pas faire ça, me chuchote Lison au creux de l'oreille.

— Franchement, je vois pas d'autre solution, je réponds à contrecœur.

— C'est vrai que ce serait un bel hommage à Suraj, avance étonnamment France, qui n'a pas fait de sport depuis la chute du mur de Berlin.

— En revanche, précise Armand, impossible de partir avant la fin de l'après-midi, à moins que vous ne vouliez tous mourir d'une insolation.

— Vous nous assurez que c'est possible ? demande ma mère.

— Ce sera pas simple, car si je comprends bien vous êtes une dizaine à n'avoir jamais fait ça de votre vie. Mais vous serez fiers de vous une fois en haut.

France, Lison, Dris et Blanche se pressent autour de moi, comme si la décision finale me revenait de facto.

— Putain, on n'a qu'à le faire, après tout ! On n'est plus à ça près !

— Bon, eh bien je vais préparer vos montures, les petits potes, annonce Armand. Reposez-vous tranquillement dans la cabane. Indira, ça te dit de prendre ma voiture pour aller chercher des sandwichs en ville ?

— J'ai pas le permis, je confesse, penaude.

— Dis donc, quelle assemblée ! s'amuse Armand. Jackson, tu t'y colles ? Profites-en pour passer voir dans une agence si vous pouvez relouer un bus pour votre retour demain ! Et prévenez l'Airbnb que vous n'arriverez pas avant tard ce soir.

Jackson prend les clés du break et s'en va quérir quelques victuailles. Lison et Séraphin, qui vit enfin son tabagisme au grand jour, fument une cigarette devant la boutique.

— Essaie de pas foutre le feu à la cahute, Séraphin ! lui assène France.

Ludovic, ma mère et Tia aident Armand à gonfler les pneus des vélos et à ajuster les selles. Quant à moi, je m'assois par terre, contre un pan du mur en lambris. L'odeur des pins chauds me cajole. Je ferme les yeux et m'assoupis à peine quand une main familière se glisse dans la mienne. Je n'ai pas besoin d'ouvrir les yeux pour savoir qu'il s'agit de Dris. Sans chercher à troubler l'évidence par des mots superflus, il vient réclamer une trêve. En réalité, il n'y a rien à pardonner. Aujourd'hui, j'en sais tellement plus sur mon père qu'hier matin, et quelque part, c'est un peu grâce à la déconvenue de Dris. Je pose ma tête sur son épaule et respire les odeurs de weed qui collent à ses vêtements.

— J'ai appris quelque chose cette nuit, sur papa.
— Qu'avez-vous appris, ma douce ?

Et je raconte tout à celui dont j'ai déjà oublié qu'il m'a déçue.

29

Lorsque le soleil se fait moins tapageur, Dris sait tout de la deuxième vie de mon père, de son amour avec Ludovic, de son ancienne amitié avec Beverlance et de son morceau de viscère qui vit encore en ce dernier. Moi qui pensais que tout le monde passerait le week-end sur son téléphone, il n'en est rien, et finalement, de petits groupes improbables se sont formés et se plaisent à discuter ensemble. Jackson raconte à Lison sa dernière visite à sa famille, dans la province d'Incheon ; Marie-Laure et ma mère, désormais indécollables, évoquent la session de tarot érotique qu'elles organiseront une fois rentrées à Paris ; Tia montre des photos de son mari dans son cercueil à France ; Ludovic, Dris, Rajgul et Blanche consultent une carte géante des Pyrénées et les autres siestent partout où reste un peu d'espace. Armand et moi sommes accoudés au bar derrière lequel il passe ses journées, à jouer en ligne quand les clients se font rares. Il semble flirter avec moi, ce qui est d'autant plus surprenant que, depuis l'incendie, j'ai la nette impression que mes aisselles sentent la viande de cerf fumée. Le diling-diling de la boutique qui annonce l'entrée des clients retentit toutes les deux minutes, et je réclame à l'assemblée d'arrêter d'entrer et sortir sans raison valable. Tandis qu'Armand secoue ses boucles prétentieuses en palabrant sur *Minecraft*, le diling-diling retentit une nouvelle fois, et je me promets de trucider verbalement la personne responsable de cet outrage sonore. Prête à assumer les conséquences de mes actes, je fais volte-face avec théâtralité et aperçois Jean-Louis, le Dr Bio, Linda et Norbert dans l'encadrement de la porte. Je pousse un cri d'orfraie – qui m'indique que j'ai passé trop de temps avec ma mère – et me jette dans les bras de Jean-Louis, qui a revêtu pour l'occasion son plus bel ensemble de cycliste turquoise et anis.

— C'est moi qui les ai appelés, pérore ma mère.

J'avais complètement oublié cette bande-là, ce groupe de fous de la grimpe pour qui mon père nous a abandonnées tant de week-ends.

— Oh l'estafette, t'as grandi encore ! me congratule Jean-Louis, qui m'appelle ainsi parce qu'il paraît que je raconte tout à tout le monde.

— N'importe quoi, j'ai juste vieilli.

— Tu seras toujours ma petite estafette en tout cas, l'estafette !

Je serre chacun des amis pyrénéens de mon père dans mes bras, et quand vient le tour de Linda, je sens son corps s'agiter de menues secousses. Elle se retient de pleurer.

— Pourquoi on n'a pas pensé à vous plutôt ? je leur demande aussi bien à eux qu'à nous. Vous pourriez nous emmener en voiture au sommet de Superbagnères ! Et hop, le tour est joué, pas besoin de suer !

— Ah non, l'estafette, répond Jean-Louis. D'abord on n'a pas pris les bagnoles, et ensuite ta mère nous a dit que vous vouliez le faire à vélo. Ton père ne pourra pas être plus heureux !

Je fusille ma mère du regard.

— Franchement, plus j'y pense, plus j'ai peur que certains ne fassent des malaises.

— T'inquiète, c'est pas une montée très difficile et on va rester avec vous tout du long !

France, qui décidément me surprend aujourd'hui, ajoute :

— Tu verras, la gosse, on va en chier mais ton père sera fier de nous. Et puis il te considérait comme la reine des feignasses. Il est peut-être temps de lui donner tort.

J'ai comme l'impression que ce voyage enhardit même les esprits les moins aventureux, à l'exception du mien, ce qui est aussi humiliant que problématique. Ni Dris ni Lison, qui sont pourtant les personnes les plus inactives qu'il m'ait été donné de rencontrer – la dernière fois que j'ai vu Lison courir, c'était en CE2 –, ne se plaignent de leur sort. Qu'est-il arrivé à ma meute de fainéants ramollis par la cigarette et le THC ?

Cette affaire d'effort surhumain, tel que je le comprends, me fait penser à mon premier (et dernier) grand exploit sportif, dont le seul témoin réside dans un bocal à anchois. Dommage ! Aucun vivant ne peut attester de ma bravoure, et j'avoue en être absolument dépitée. C'était un hiver chaud, comme ils le sont trop souvent à l'île Maurice. Mon père et moi buvions du 7 Up en regardant la montagne des Trois

Mamelles depuis la cuisine de ma Dadi. De temps en temps, on entendait le bruit d'une mangue trop mûre qui tombait sur le toit en tôle. Comme chaque soir, mon père prévoyait de courir une quinzaine de bornes, histoire de mériter sa bière glacée et son cari ourite. Quelques heures auparavant, on s'était engueulés. Nul souvenir de la raison, mais ce devait être d'une confondante stupidité, comme chacune de nos disputes. Toujours est-il que je ne supportais pas de voir mon père triste. Quelque chose chez moi, de l'ordre de la maternité, s'activait sitôt qu'il avait la mine basse – si étrange que cela puisse paraître, j'avais toujours eu le sentiment d'être la mère de mon père, la garante de son bonheur, sa seule planche de salut dans un monde trop dur pour lui –, et je voulais systématiquement le consoler. Non pas le consoler par un câlin, mais par une proposition d'activité alléchante, dont je savais qu'elle lui remonterait le moral et effacerait d'un revers de poignet habillé d'un bracelet éponge nos bêtes ou moins bêtes désaccords.

C'est ainsi que je lui proposai de l'accompagner faire son footing. Erreur. Fatale. Tenant là une occasion de convertir sa fille unique en Usain Bolt, mon père me fit courir de notre maison jusqu'au sommet de la montagne des Signaux, où trônait celle qu'il aimait tant : Marie Reine de la paix. Une Vierge de plus de trois mètres de haut, qui dominait de sa pureté la capitale souillée du pays, et aux pieds de laquelle les hommes se saoulaient après s'être recueillis. Pendant cette ascension, j'ai insulté chacune des cellules constituant mon père, lui ai hurlé que je me vengerais un jour au centuple ! Mon père riait de me voir rouge de colère et d'effort – plus d'effort que de colère, toutefois. J'avais la sensation de faire un pneumothorax à chaque pas. Et puis, arrivée au sommet, j'ai repris mon souffle et ouvert grand les yeux. D'en haut, on pouvait voir la maison de ma Dadi, où mon père, ses huit frères et sœurs et son père avaient vécu serrés. Plus loin à gauche, il y avait le commerce de fruits de Satish, qui croulait sous les noix de coco, et je devinais le grand homme à la peau grêlée préparer des jus frais pour ses quatre filles. Plus à gauche encore, une énorme masse couleur de brunante, la couleur des flamboyants dont les troncs s'entremêlaient. En face, quelques montagnes aux sommets mousseux se disputaient une place au soleil couchant. Tout autour du tableau, des pailles-en-queue voletaient sans bruit. L'effort avait valu le coup. Qu'il était beau, le pays de mon père. Je me souviens mal de la souffrance musculaire. En revanche, je me souviens comme si c'était hier de la splendeur de l'instant, cet instant vert, brun et orange, cet instant qui sentait les frangipaniers, ce lieu qui constituait la moitié de mon patrimoine génétique. Le périple à venir promet-il le même enchantement ?

30

Une ombre isolée, à l'extérieur, attire mon attention et me sort de mes pensées. J'avais presque oublié
Laurent. Je me décide à aller lui adresser quelques
mots réconfortants, lui qui a tout de même bravé ce
qui doit constituer son plus grand traumatisme pour
sauver mon père des flammes. À mesure que j'avance
vers Laurent, mon sang se glace. Je coince une cigarette entre mes lèvres.

— T'as pas du feu, Laurent ?

Au moment même où je prononce ces mots, j'ai
envie de me coller une énorme baffe. Laurent se
contente de secouer la tête et je range ma cigarette
dans mon paquet.

— Excuse-moi, je suis indélicate.

— C'est rien !

— Je voulais te dire, Laurent, que je t'ai trouvé
super courageux tout à l'heure.

Non mais pour qui je me prends de congratuler les
gens, comme s'ils attendaient une quelconque valida-
tion de ma part ?

— Oh, c'était pas du courage, c'était une pulsion
inconsciente.

— Bah on l'a pas tous eue en tout cas, la plupart d'entre nous sommes restés plantés à rien faire. Non, tu déchires tout, franchement !

Je respire un bon coup.

— Merci beaucoup d'être là. Tu n'étais pas obligé de le faire, vu qu'on partait qu'entre proches de papa, mais tu es venu quand même, et ça nous touche beaucoup, maman et moi.

Pour la première fois depuis notre rencontre, Laurent pose sur moi ses yeux bleus, dont l'un est recouvert d'une paupière fondue. Je lui trouve une certaine douceur.

— Mais ton père et moi étions très proches, Indira.

— Ah bon ? Je ne t'ai jamais vu à la maison ni aux anniversaires. Vous étiez copains de salle ?

Je sais que les trois quarts des amis de mon père, que je ne connais que peu, sont des hommes et des femmes qui faisaient du vélo avec lui à Longchamp. Il paraît même que Michel Drucker était souvent de la partie.

— On s'est connus il y a huit ans, chez Jackson. À ce moment-là, j'ignorais encore que ma vie allait changer…

Au moins, cette fois, ça ne démarre pas comme un film porno. Et j'espère que la suite du récit ne me donnera pas tort, sous peine que la nausée recommence. Ainsi que j'en ai pris l'habitude, depuis le début de cette éprouvante journée, je plonge dans l'histoire et vois le film de Laurent comme si j'y avais moi aussi ma place. L'homme au visage brûlé me ramène quelques années en arrière, en 2014, en pleine Coupe du monde de football. Les poignets minutieusement parfumés, comme il avait toujours vu sa femme et sa fille le faire, Suraj enfila une chemise Kenzo achetée grâce à son tout nouveau salaire de directeur du centre sportif de Puteaux, poste qu'il avait obtenu en juin, un mois plus tôt. C'était la première promotion de sa carrière. Il possédait cette chemise depuis trois mois et, ce soir, il l'inaugurerait. Le coton griffé jeté sur ses épaules, il hésita un instant à se changer. Il était peut-être trop chic pour l'occasion. Après réflexion, il compléta sa tenue d'un vieux jean et d'une paire d'Adidas Adizero Adios Pro – pour signifier au monde que, avant d'être un homme amoureux, il était un grand marathonien. Aucune méprise autorisée ! Dans l'ascenseur, Suraj observa les lumières de chaque étage s'éteindre à mesure qu'il descendait. Ils étaient nombreux, les étages de cette tour HLM qui bordait la Défense. Ce n'était pas Byzance, mais au moins cet endroit était le sien. Il s'occupait de son foyer, tout seul, sans dépendre de sa femme ni pour payer le loyer, ni pour faire ses lessives et, quelque part, il ne l'admettrait jamais, mais il était fier de ces petits accomplissements. C'était grâce à la mairesse de Puteaux, à qui il donnait des cours de sport, qu'il avait obtenu un logement social. Il ne lui avait fallu que quelques mois pour avoir son propre chez-lui, sans femme ni enfant, mais avec ses vélos, ses meubles, et des photos de sa mère et de sa fille. Dehors, il faisait trop chaud, et Suraj enrageait de transpirer dans sa plus belle chemise. Il pensa à remonter se changer, mais s'il y avait quelque chose qu'il détestait plus encore que de salir ses beaux vêtements, c'était sans doute d'être en retard. Il ne lui fallut que quelques minutes pour se mêler aux supporters de l'Allemagne et de l'Argentine, et progresser jusqu'au bar où il avait prévu de regarder la finale de la Coupe du monde en buvant une bière qu'il espérait glacée – mais il ne se faisait pas d'illusions, les Français ne savaient pas boire la bière comme il fallait. Il s'arrêta une seconde devant la vitre du bar où les supporters passablement saouls s'étaient déjà amassés. À une table, il l'aperçut. Seul et distingué. Contrairement aux bœufs accoudés au bar, dont aucun ne trouvait grâce aux yeux de Suraj qui détestait la vulgarité des discussions d'hommes en meute, Laurent buvait son IPA avec un flegme inouï, le regard tourné en lui-même. Suraj respira un grand coup avant d'entrer. Il se sentit observé, jugé par cette foule en maillots de foot. Il n'aurait jamais dû mettre cette chemise, il se dit à cet instant. Ça faisait mec qui se la raconte. Et puis homo aussi. Rien de pire qu'un homo qui se la raconte. Il se sentait vulnérable, petit. Il l'était, d'ailleurs. Un mètre soixante-dix pour un homme, à l'île Maurice ça passait encore, mais ici, en France, ça faisait de lui un homme petit. Un petit Mauricien. Il s'assit en face de Laurent. Sans risquer une étreinte qui lui vaudrait les moqueries des bœufs, il grogna en guise de bonjour. Laurent le parcourut de son regard bleu et tendre, mais interrogateur.

— Les gens me fixent. Qu'est-ce qu'ils croient ? J'ai pas le droit de mettre une chemise Kenzo parce que j'ai une gueule d'Indien ?

— Qu'est-ce que tu racontes, Suraj ? Personne ne te regarde, à part moi. Et il faut que tu cesses cette paranoïa, ça te fait du mal.

— Je suis pas parano ! Tu peux pas comprendre.

Laurent lui sourit. Suraj se radoucit. Le visage de Laurent était si lisse qu'on ne lui aurait pas donné plus de quarante-cinq ans. En réalité, il en avait douze de plus. La génétique lui avait offert des traits fins et vallonnés comme les routes d'un village suisse. Ses cheveux étaient militairement dressés sur sa tête, petits piquets autour desquels auraient pu slalomer des skieurs, et ses oreilles fines et pointues lui donnaient l'air d'un grand farfadet. Suraj se dit qu'il était beau. Quel gâchis de se laisser à ce point aller. Suraj était obsédé par le poids des gens. Sans doute était-ce à cause de sa peur de la maladie et de la mort, source originelle de son régime sans sucre, sans gras, sans sel et sans âme. Il ne pouvait pas concevoir qu'il pût en être autrement. Il avait vu son père périr dans l'alcool et disparaître dans son propre goitre. Il avait vu ses frères mourir les uns après les autres d'AVC et autres artères bouchées. Comment pouvait-on se laisser aller au point de causer sa propre dégénérescence ? Pourtant, Suraj était bien tombé amoureux de Laurent, qui n'avait jamais fait de sport de sa vie et s'engraissait de sandwichs, de milkshakes, de bières et de fromages à longueur de journée. Plus d'une fois depuis leur rencontre, Suraj avait essayé de convertir Laurent à une meilleure hygiène de vie. Mais ce dernier n'en avait que faire, et le lui expliquait avec patience à chacun de leurs rendez-vous. Laurent était obèse. Suraj n'aurait pu le tolérer chez aucun autre être humain que celui dont il était amoureux. D'ailleurs, il n'assumait pas du tout ses sentiments pour Laurent en public. Impossible de passer le Rubicon. Que quelqu'un le vît tenir la main d'un homme : hors de question. Mais que quelqu'un le vît tenir la main d'un homme obèse ? Plutôt crever sur place. Ça l'aurait décrédibilisé en tant que coach. Et la réputation qu'il avait bâtie à Puteaux, comme grand sportif devant l'éternel, il y tenait comme il tenait à son Cannondale CAAD Optimo. Laurent savait tout cela, même si Suraj ne le lui avait jamais dit. Ce soir-là, ils parlaient de tout et de rien : du score pour l'instant nul du match Allemagne-Argentine, des deadlines du nouveau projet de Laurent pour Hermès, de la fille de Suraj, qui faisait un Erasmus en Bavière, de la course qu'avait faite Jackson la semaine précédente, et qu'il avait remportée en dépit du litron de whisky bu la veille. Ils parlèrent de tout sauf d'eux, comme toujours. Laurent acceptait la pudeur de son compagnon, Suraj acceptait qu'ils se disent des mots plus doux dans l'intimité.

— J'ai une surprise pour toi, dit Laurent à Suraj.

Laurent aurait aimé prendre la main de son amant pour lui annoncer la grande nouvelle. Mais il se retint. Suraj ne put s'empêcher de sourire. Il tolérait les surprises, lui qui aimait pourtant garder le contrôle sur chaque situation.

Laurent sortit de sa serviette en cuir deux rectangles de papier glacé, et les posa à côté de la bière tout juste fraîche de Suraj.

— Qu'est-ce que c'est ?

— Lis, tu verras bien.

Sur les deux billets, quelques lettres en gros caractères indiquaient « CDG-JFK, JFK-CDG ».

— Je sais que tu as deux semaines de vacances en décembre, alors je me suis dit qu'on pourrait aller visiter New York, tous les deux.

Suraj hésita entre deux émotions comme il avait hésité plus tôt entre deux chemises. La première le poussa naturellement à l'agacement – il était de toute façon perpétuellement agacé – car il voulait pour Noël s'offrir un peu de la chaleur d'un pays de l'hémisphère Sud, et pourquoi pas rentrer chez lui à Maurice. La seconde l'attira vers le plaisir intense, le plaisir fou, inavouable, de passer quelques jours incognito au bout du monde avec l'homme qu'il aimait. On disait que tout était permis aux États-Unis. Les hommes pouvaient aimer d'autres hommes sans rougir de se tenir par la main. On disait aussi que c'était un pays conservateur et liberticide où les minorités n'avaient pas voix au chapitre. À quelle réalité se vouer ? Suraj choisit de taire son infernale indécision, dont il souffrait dans sa chair et son âme depuis qu'il avait l'âge de se le rappeler. En guise de réponse, il offrit une nouvelle bière à son partenaire, qui n'avait pas besoin de plus pour comprendre que Suraj acceptait la proposition.

Quelques mois plus tard, ils atterrirent à New York et Laurent découvrit un nouveau Suraj. L'anonymat, l'exotisme d'une ville qui caresse les nuages, d'une ville battue par d'autres vents, défit son habit de pudeur. Suraj ne se souvenait pas de s'être jamais senti si libre. Personne ne savait qu'il était là. Il avait dit à sa fille et à ses amis qu'il partait dans les Pyrénées faire du vélo. Lui qui détestait les grandes villes, il trouvait à New York le charme des lieux où l'on ne vivra jamais, le charme des lieux qui n'appartenaient qu'aux autres. Tout y était permis, même les dépenses extravagantes. Laurent et Suraj dînèrent dans des restaurants chics de Brooklyn, où Laurent leur offrit un hôtel sans prétention mais propre et pratique, ils firent du shopping sur la Septième Avenue, et Suraj se laissa même embarquer dans une après-midi d'ennui au MoMA. Il n'avait que faire des musées, mais Laurent aimait se cultiver et Suraj aimait lui faire plaisir. Pour rester fidèle à lui-même, il se moqua des œuvres d'Yves Klein, arguant que personne ne lui avait jamais dit qu'il suffisait de peindre une toile d'une couleur unie et moche pour devenir riche à millions. À New York, tout lui semblait décadent et contenu à la fois, et il se mit à aimer l'Amérique ambivalente de Barack Obama. Laurent se félicitait chaque jour d'avoir organisé cette surprise, d'autant que là Suraj se laissait aller à quelques démonstrations d'affection publiques. Ils s'étaient même tenu la main en regardant les publicités défiler sur les écrans géants de Times Square. Devant la statue de la Liberté, comme un hommage à son symbole, ils s'étaient embrassés, furtivement certes, mais tout de même. New York avait l'odeur d'un mirage et Suraj en avait plein les narines. Laurent exultait, enfin comme exulte Laurent, discrètement, en dedans. Tous les soirs, vers 23 heures, ils se baladaient à Central Park et, recouverts par la nuit, ils se remémoraient les meilleurs instants du jour. Laurent aurait aimé que la sorgue aux étoiles dure toujours. Chaque soir pourtant, à Central Park, Suraj et Laurent croisaient un groupe d'hommes qui les scrutaient avec insistance en buvant du rhum dans des sacs en papier kraft. Ça les aurait détruits, à Paris, ces jugements, mais là, leur amour était insolent et rien ne pouvait l'interdire, c'est la statue de la Liberté qui l'avait dit de sa torche de fonte qui embrasait le ciel.

Alors, ils continuèrent chaque soir de se promener à Central Park. Au bout d'un moment, les hommes cessèrent de venir boire à cet endroit, et Suraj et Laurent profitèrent plus encore de la nuit enveloppante, qui avait l'odeur des miracles simples. L'avant-dernier jour, Suraj n'arrivait plus à profiter de la ville. L'imminence de la fin du séjour le désespérait et il retrouvait ses habitudes mornes, presque funestes. Laurent lui proposa de prolonger le voyage. Contre toute attente, Suraj accepta et appela son travail pour réclamer deux jours de congé supplémentaires, que lui accorda volontiers sa supérieure. Après tout, Suraj ne s'autorisait jamais la moindre folie. Laurent et Suraj, enivrés par le sursis, s'achetèrent une bouteille de champagne à Greenwich, à Yorkshire Wines & Spirits, et s'engouffrèrent dans Central Park, sur leur allée préférée où les canards se gavaient des pains sucrés offerts la journée par les enfants. Sur un banc taché de l'amour des autres, ils burent doucement, pour savourer les bulles comme la hardiesse qu'ils ne connaissaient ni l'un ni l'autre.

Ce soir-là, Suraj était gai, presque heureux, et ça ne lui arrivait jamais, le bonheur. Sa vessie était pleine mais il avait peur de rompre l'harmonie du moment, alors il se retint jusqu'à n'en plus pouvoir. Il déposa un baiser sur la joue de Laurent, dont les paupières alcoolisées battirent lentement, et il sembla à Suraj qu'il n'avait jamais vu d'homme plus gracieux. Suraj s'était abrité derrière un arbre et urinait en appréciant le vent de décembre sur ses cuisses nues quand il aperçut cinq hommes avancer en direction de leur banc. En dépit du champagne qui avait ramolli son esprit, Suraj reconnut les visages des hommes et sut, comme on le sait toujours, que sa vie allait s'effondrer. Il n'eut pas le temps de crier, pas le temps de remonter son pantalon, il n'eut que le temps de voir les cinq hommes courir, un bidon à la main. Laurent, alerté par le bruit de son cœur, tourna la tête vers ses agresseurs. Les cinq hommes lui adressèrent un « *Take that, you fat faggot* » et jetèrent le contenu du bidon sur son visage. La moitié du liquide se renversa à côté du banc, mais ce qui atteignit Laurent entraîna son visage dans une chute gravitationnelle. Les hommes fuirent en courant, plus muets que conquérants, laissant Laurent goûter la chimie et la chair. À l'odeur du mirage, ce soir-là, se substitua l'odeur du vitriol. Central Park se transforma pour Suraj et Laurent en mausolée de cire. Laurent raconte, sans jamais me regarder. Il raconte comme s'il s'agissait de l'histoire d'un autre, sans drame ni emphase. Il évoque la suite, le transfert de New York à l'hôpital Armand-Trousseau, spécialisé dans la chirurgie réparatrice des grands brûlés, ce qu'il était à cet instant et restera. Les opérations successives, les greffes de peau, la douleur, l'odeur surtout, la sienne, l'impuissance de la justice américaine, son visage fondu, sa peur des autres. Il évoque mon père aussi, la colère dans son ventre, les matins à l'hôpital, les croissants, les pains au chocolat, les financiers, les pains aux raisins, les pains suisses, les milkshakes, les parts de quiche qu'il lui offrait quotidiennement sans que Laurent ait jamais envie d'y toucher. Il évoque son chapeau de feutre, sous lequel il se réfugie, la mort qui a fait fondre sa peau, et l'amour surtout, l'amour qu'il a voulu conserver, quand mon père est entré à l'hôpital, quand les rôles se sont inversés et que c'est son amant qui s'est mis à sentir la mort. Il évoque la rupture à côté de laquelle mon père et lui sont passés mille fois, à cause de la honte, de l'acide, des secrets, du mensonge, puisque personne ne savait, à part Ludovic, que mon père et lui s'aimaient, à l'abri du mal, à l'abri des autres, à l'abri des hommes.

Quand mon père était à l'hôpital, Laurent venait chaque jour, aux petites heures du matin ou bien à celles où personne d'autre ne venait. Parfois, il croisait quelqu'un dans un couloir, mais personne ne savait qui il était, et personne ne prêtait attention à lui. Parfois, il m'a croisée sans que je le regarde, parce que dans un hôpital, où tout sent la mort, Laurent n'a plus d'odeur, Laurent devient un homme lambda, qui se fond dans les murs et rêve d'en devenir un lui-même. Laurent évoque huit ans d'amour et de haine, l'amour de mon père et la haine des autres.

Je n'existe plus en substance, je suis ailleurs, à Central Park avec eux, je sens le vitriol, j'ai le goût de la chair et de la chimie, et je prends Laurent dans mes bras, je le serre pour le protéger, et nous restons longtemps, sans que personne nous voie, à étouffer de nos corps tout le feu du monde.

31

L'après-midi est passée sans que je puisse la retenir, et pourtant je crois que j'aurais bien voulu. J'ai pris conscience d'un fait inaltérable : nous ne vivrons plus jamais de voyage ensemble. Ces instants avec ces personnes aux vies tellement plus amples que ce que j'imaginais, aux secrets si diaboliquement humains, sont les derniers. En dépit de nos galères – en étaient-elles vraiment ? –, j'aime être un membre de ce groupe improvisé, où chacun a su trouver sa place et livrer une partie, même infime, de son intimité. L'opacité du mystère entourant la figure paternelle est moins épaisse, et la colère, la mienne, me semble finalement friable. Dris Jackson, Ludovic, Lison, France, ma mère, Séraphin, Rajgul, Beverlance, Linda, Jean-Louis, Norbert et le Dr Bio, un casque rutilant vissé sur le crâne, arborent d'audacieux maillots de corps. Quant à moi, j'ai mis deux serviettes hygiéniques l'une sur l'autre pour assurer ma survie vulvaire. Tia, Blanche et Laurent sont, eux, confortablement installés dans le break d'Armand, et c'est Marie-Laure qui les conduira au sommet. On ne va clairement pas passer le même trajet.

— Tout le monde est prêt à en chier ? demande Armand en tête de peloton.

Ma mère lève sa gourde. Elle est la seule à avoir mis sa blouse zébrée aux effluves d'anchois par-dessus son maillot, arguant que « faut pas déconner ».

— Pour Suraj, énonce-t-elle.

Et nous partons à la queue leu leu, dans une longue file bigarrée qui doit de nouveau faire rire les oiseaux. Nous n'avons que quelques kilomètres à effectuer, d'après ce que nous indique Armand, pour arriver en bas de la montagne. Et en effet, nous traversons assez rapidement les rues que je connais si bien pour les avoir parcourues mille fois, mes chaussures de ski chevillées aux pieds, le forfait autour du cou. Pendant cette portion du trajet dont la simplicité nous fait croire à tort que le reste du périple sera tout aussi agréable, cyclistes chevronnés et amateurs roulent côte à côte. Les Pyrénéens en profitent pour célébrer leur ville natale, informant la foule des bienfaits du soufre des thermes de Luchon, qu'ils aiment surnommer « la reine des Pyrénées ».

Depuis notre départ de Paris, ce qui me semble remonter au siècle dernier, je n'avais pas vu ma mère sourire avec un tel plaisir, d'autant plus miraculeux que nous devons fournir un effort physique considérable sous vingt-huit degrés. Je peux lire sur son visage la joie de participer à ce voyage en terres du passé. Je la vois émue de rouler dans les traces de son ex-mari, et de recouvrer petit à petit la mémoire de leur amour. Linda, qui ferme la course, nous gratifie toutes les cinq minutes d'un « On est bientôt arrivés ». Lorsque nous parvenons au pied de la montagne, galvanisés par la facilité des quelques bornes effectuées, l'objectif suivant nous semble tout à fait à notre portée. Il est amusant de constater que l'être humain se croit champion à la moindre petitesse sportive – j'en sais quelque chose, ayant récemment prétendu être marathonienne alors que ma meilleure performance reste une participation à un dix kilomètres en 2014.

En bas de Superbagnères, nous prenons cinq minutes pour boire quelques gorgées d'eau encore fraîche et écouter attentivement les recommandations des cyclistes chevronnés.

— On va procéder par étapes, d'accord ? Si vous êtes crevés, n'hésitez pas à le dire. N'allez pas vous mettre mal parce que vous osez pas dire que vous n'en pouvez plus, nous enjoint Linda.

Quelques « oui » résonnent, mais la plupart des *survivors* se contentent d'acquiescer du menton, déjà bouillants sous leur casque en polystyrène.

— Si vous éprouvez le moindre malaise, la moindre douleur, bref, si quoi que ce soit vous semble anormal ou si la montée est tout simplement trop difficile, dites-le, et Marie-Laure, qui va rester près de nous, vous embarquera, poursuit Armand.

— Faites bien attention aux voitures, déclare Jean-Louis. Et ne cramez pas toute votre énergie dès le départ ! Essayez de doser vos forces. Plus vous démarrez vite, plus vite vous serez fatigués.

Personnellement, je me sens tout à fait capable de me taper encore deux heures trente de vélo. Après tout, il m'arrive d'emprunter les escaliers du métro Abbesses plutôt que l'ascenseur – cent trente et un mètres de grimpe, tout de même. Doucement, sur les conseils de Jean-Louis, nous commençons à pédaler. Sans surprise, ma mère prend les devants, aux côtés du petit peloton des cyclistes chevronnés pour qui notre cadence est si dérisoire qu'ils montent en taillant le bout de gras. C'est à peine s'ils ne sortent pas une bouteille de calva et un claquos pour casser la graine en pédalant. Très vite, je sens mes muscles se contracter, dans un effort qu'ils n'ont jamais connu. Mes cuisses se durcissent, mes abdos se contractent, mes bras se cramponnent au guidon, et dix minutes me suffisent pour envisager avec beaucoup de sérieux la voie de l'abandon. Devant moi, la plupart des *survivors* s'accrochent, surtout ce bon Jackson dont je me demande comment il parvient à bouger si aisément en grimpant col à 7 %. Voilà plus de dix minutes que nous montons, et les voitures se font rares. Marie-Laure conduit tout doucement pour rester près de nous au cas où, et met Nostalgie à fond afin de nous encourager. Jean-Jacques Goldman nous accompagne ainsi quelques instants, avant de céder sa place à Francis Cabrel, et je ris seule – enfin, autant que faire se peut vu la situation –, sachant combien Lison hait Francis Cabrel, dont elle clame à qui veut bien l'entendre qu'il ressemble à un moustique. Nous montons, lentement mais sûrement, depuis trente minutes quand je vois France s'arrêter, le visage rouge et plein de haine. Jean-Louis ralentit puis opère un demi-tour pour se retrouver à sa hauteur.

— C'est trop pour moi ! C'est infaisable ce truc ! Vous voulez nous tuer ou quoi ?

D'une main, France pousse son vélo et s'assoit pour souffler.

— On va te faire prendre la voiture, la rassure Jean-Louis. Les autres, ne vous arrêtez pas, maintenant que vous êtes chauds, conservez la cadence !

Ne restent plus que quinze kilomètres. Plus nous grimpons, plus la montagne me semble haute, et surtout large, bordel. Les zigzags que nous parcourons sont sans fin. Ludovic ralentit un peu pour arriver à ma hauteur.

— C'est bien, continue tranquillement, tu vas le faire les doigts dans le nez.

« Ta gueule » est la première des réponses qui me viennent à l'esprit, mais, et c'est un événement suffisamment rare pour être notifié, mon éducation m'empêche pour une fois de céder à mes pulsions injurieuses.

— Je sais pas si je vais tenir encore longtemps, je souffle difficilement. J'ai l'impression que tout mon corps est une crampe.

— C'est normal, tu n'as pas l'habitude. C'est un très gros effort, mais tu peux y arriver. Ça se passe dans la tête. Je te jure que c'est faisable. Chaque seconde va te sembler longue, mais dis-toi que deux heures dans une vie, ce n'est rien. Si tu le fais, ça va changer le regard que tu poses sur toi.

Je n'ai jamais vu Ludovic aussi encourageant, et je me demande s'il ne devient bavard que pendant l'effort ou si c'est l'accomplissement de notre objectif qui délie sa langue. Je crois surtout qu'il se sent libéré du poids de son secret.

Je pédale, je pédale, je pédale. J'essaie de ne me concentrer que sur ça, le mouvement de balancier de mes pieds, mes mains crispées sur le guidon. J'essaie de ne penser qu'à l'effort. Il paraît que le sport vide la tête. Pourtant, plus je pédale, plus la montagne s'efface derrière mes souvenirs. Je vois mon père, allongé sur son petit lit, dans sa petite chambre de son petit appartement de Puteaux. Il est chauve, il est maigre, il est presque mort. Il est encore sous chimio et les médecins espèrent, comme nous tous, que ce nouveau cocktail marchera. Mais ce soir, quand j'arrive chez lui pour dîner, il ne peut pas se lever, il ne peut pas parler. Il est là, sur son lit, en chien de fusil, et il chuchote. « Tue-moi. S'il te plaît, tue-moi. » J'appelle l'hôpital, on me dit qu'il n'y a rien à faire, qu'il peut éventuellement reprendre de la morphine. Je lui enfonce un cachet dans la bouche et y verse un peu d'eau, qui coule à côté. Il avale, docile. « Je veux qu'on me tire une balle dans la tête. » Alors je me cale contre mon père, je passe un bras sous sa tête, je tiens sa main dans ma main et je reste contre lui. Mon père pleure sans trop de secousses, car même cela il ne le peut pas, et pour la première fois de ma vie je prie un dieu auquel je ne crois pas. « S'il te plaît, Dieu. Est-ce que c'est comme ça que je dois t'appeler ? S'il te plaît, fais-le mourir. Si tu abrèges ses souffrances, je jure que je croirai en toi. » Je passe la nuit à tenir mon père dans mes bras, si maigre et presque mort, comme s'il était mon enfant, mon tout-petit.

Je pédale, je pédale, je pédale, et ma vue se brouille. Les muscles font mal, mais je n'y pense plus. Depuis combien de temps grimpons-nous ? Ça n'a pas d'importance. Je vois mon père, dans la chambre des soins palliatifs de Puteaux, entouré de dizaines de gens que je ne connais pas. Il demande qu'ils sortent. Ma mère et moi restons. Il se relève difficilement, tend ses mains vers nous, la paume vers un ciel qu'il s'apprête à rejoindre. Ma mère se place à gauche du lit. Moi à droite. Ma mère est maquillée. Ses ongles sont faits. Son parfum, *Coriandre* de Jean Couturier, se mêle à l'odeur des médicaments et de l'urine. Ma mère est belle mais elle est grise. Moi, je n'ai ni maquillage, ni parfum, ni espoir. Ma main dans celle de papa. « Je vais mourir. » Et nous ne démentons plus, maman et moi. Alors nous nous taisons. « Je vais mourir mais je vous aime. Pardon pour tout. Vous êtes les lumières de ma vie. » Maman pleure, sans bouger. Moi je pleure, sans bouger. Mon père sourit. Il sait et il est prêt.

Je pédale, je pédale, je pédale, et soudain mon père a des cheveux. Il a même les cheveux noirs. Nous sommes sur l'île de mes grands-parents, et ma mère tient un caméscope. J'ai une culotte de maillot de bain rouge, pas de haut, pas de seins. Je mange un chausson aux pommes plus gros que ma tête. Mon père est torse nu, son corps est musclé, sec, magnifique. Ma mère filme mon père qui fait griller des saucisses sur le barbecue. Mon grand-père donne une accolade à mon père, et agite sa main en direction de la caméra. Mon père me dit : « Souris, tu es filmée, mon cœur », et je crie : « Frites, Coca » – mon père m'a appris à dire ça à la place de « *Cheese* » pour sourire sur les photos.

Je pédale, je pédale, je pédale, et soudain j'ai des chaussons de danse rose pâle et des collants blancs. J'ai même un tutu. Je suis sur la scène et la lumière m'éblouit. Je plisse les yeux et je vois mon père, au troisième rang, et ma mère à côté, parmi la foule de parents. Mon père, radieux, tient le caméscope. Je traverse la scène. C'est à mon tour de faire une arabesque et, en plein milieu du mouvement, je perds mon chausson. Il est trop grand. J'ai envie de pleurer, mais j'entends mon père rire de bon cœur. Alors je ris aussi, car je sais que ce n'est pas grave. Ce n'est que de la danse.

Ma vue est trouble, mes cuisses sont deux rondins de bois. J'essaie de capter la réalité. Devant moi, ma mère, Beverlance, Jean-Louis et quelques autres continuent de monter, le visage tordu par la douleur et l'effort. Je jette un œil derrière moi. Lison s'est arrêtée, plus bas. Jean-Louis est avec elle.

— Continue, Indira, Marie-Laure est montée déposer les autres et redescend chercher Lison.

Je pédale, je pédale, je pédale, et d'un coup l'eau tiède et dense masse mes reins. J'ai des lunettes de natation sur le nez qui me serrent trop, un petit maillot Speedo et la chair de poule. Sous moi, l'eau est claire. Mon père est là, dans son minuscule maillot de bain aux couleurs du Brésil. Des poissons-chirurgiens paressent entre nos jambes, des barracudas aussi. Mon père me prend la main. Nous sortons la tête de l'eau. Au loin, la plage, notre plage. Dessus, de minuscules points verts et bleus. Nos serviettes. Autour de la plage, des filaos qui piquent les pieds.

Je pédale, je pédale, je pédale, et je vois la station, à quelques centaines de mètres au-dessus de nous. Ma mère ralentit. Elle est maintenant à côté de moi. Nous pédalons, nous pédalons, nous pédalons, et la douleur disparaît complètement, mon visage est trempé, de larmes, de sueur, de morve. Je pleure encore sur mon vélo, à côté de ma mère qui pleure aussi. Nous pédalons, nous pédalons, nous pédalons, ensemble, en dehors du temps et de toute logique, nous pédalons dans la vie de mon père, dans notre vie à nous, à tous les trois.

Le sommet est là. Et nous sommes ailleurs, dans les galeries du temps.

32

Les autres sont tous arrivés, à vélo ou en voiture, je ne sais pas, et affichent des mines paisibles. La sérotonine, sans doute. C'est donc cette fameuse sensation que venait quérir mon père ici même, week-end après week-end. Je comprends maintenant. Je ne me suis jamais sentie aussi clairvoyante qu'en gravissant cette montagne. Dris Jackson, Ludovic, Lison, France, Blanche, Séraphin, Rajgul, Beverlance, Linda, Jean-Louis, Norbert, le Dr Bio, Tia et même Armand sont là. Ils bougent les lèvres mais j'ai du mal à les entendre. Tout le monde nous observe, maman et moi, mais personne ne juge les larmes et la sueur sur nos visages. Les vélos sont à terre, abandonnés, détestés. Le soleil est tombé de l'autre côté de la vallée. Le ciel a l'air d'une tourmaline. Je bois l'eau de ma gourde même si j'ai envie de vomir, même si je ne suis pas là, sur ce sol et dans ce temps ; mais ça va revenir, je ne peux pas rester coincée quelque part entre ma vie et sa mort, et pourtant j'aimerais vivre comme on rêve, sans rien savoir mais en ressentant tout. Ma tante Tia tient fermement le bocal à anchois contenant mon père entre ses mains. Je me souviens qu'avant on avait un gros chien. Un husky. Il s'appelait Sioux. Et un jour, il est mort d'un cancer. On l'a fait incinérer. Papa a plus pleuré que lorsque sa mère est morte. On l'a brûlé et on est venus ici, tous les trois, papa, maman et moi, pour jeter les cendres de Sioux depuis le sommet. J'avais oublié. Le monde parle, je me tais. Lison pose une main sur mon épaule. Elle est de trop mais je lui pardonne. Je pardonnerais tout au monde entier, là, juste maintenant, parce que j'ai l'impression d'être omnisciente, de comprendre tous les êtres et toutes les choses. Nous laissons les vélos et nous marchons, nous marchons un moment, nous marchons sur un sentier, en direction du vide, nous marchons jusqu'à ce que le sol s'arrête et dégouline vers le bas, se répandant en souches, en arbres, en buissons, en fougères, sur le flanc de la montagne. Au bord du précipice se tient Mars, plus lunaire encore que la planète rouge, plus rassurante aussi, comme une invitation à tout recommencer. Sur la terrasse du bar, il n'y a personne. On dirait que le monde s'est retiré exprès pour nous. Jackson pousse la porte en vieux bois, crie un « Il nous faut des *beers* glacées *please*, *a lot of them* ! ». Le ciel est simplement rose. J'ai la nausée. Ma mère est silencieuse. Ça n'arrive jamais. Tout le monde rit, tout le monde parle, une bière à la main, puis tout le monde se tait et se range, comme au front, devant le vide. Jackson avance d'un pas. Il tire une feuille A4 de son short. Il la lit. J'écoute. Je me rouvre au monde. Je me rouvre au temps. Jackson raconte les tours à Longchamp, les bouteilles de whisky, le baptême de sa fille cadette, mon père comme parrain. Il parle encore de leurs vacances en Corée, de leur restaurant préféré, en bas de Puteaux, de leur voyage en Suisse avec tous les enfants de Jackson et des galères de déménagements, de la vie finalement. Tout le monde applaudit et tonne des « Jackson ! Jackson ! Jackson ! ». On n'a jamais vu ça à une cérémonie posthume. Mais on a déjà donné dans la solennité, il y a quelques mois. Autant essayer autre chose.

Ma mère prend la parole. Elle n'a rien noté. Elle évoque, en improvisant, son premier baiser d'épouse, qui sentait le chatini coco – Séraphin va tourner de l'œil –, la minijupe fuchsia qu'elle portait le jour où elle a rencontré sa belle-mère en sari, elle raconte les nuits à Maurice, sous le porche de notre maison, à éplucher des cacahuètes, elle parle de la beauté, celle de mon père, elle rit beaucoup, elle fait rire les autres, elle est belle, elle est brillante, elle est impressionnante, elle raconte les voyages au Brésil, au Togo, au Bénin, en Argentine, elle raconte les vêtements de mon père, ses slips trop petits, ses mini-maillots de bain, son nez torsadé comme un gressin, ses cheveux de jais, puis ses cheveux d'argent, puis ses cheveux d'enfant, ses yeux comme des gouttes horizontales, son caractère de merde, leurs disputes, leur enfant, leur bonheur, et puis Maurice encore, le vélo, les randonnées, les cris, les jalousies, les secrets, Paris, elle parle d'une vie entière et tous l'écoutent parce que, derrière ses airs évaporés, Huguette est la plus douée des femmes pour conter le bonheur. Quand ma mère se tait, Ludovic trifouille dans son sac à dos. Il en sort son discman et le branche à une petite enceinte que lui tend Armand. Apparemment, ils se sont arrangés. Ludovic lance le CD et Bonnie Tyler vocifère l'hymne de notre voyage. Ludovic reprend la chorégraphie tressautante de la veille, et les *survivors* ondulent de concert. Même Armand fait basculer son poids d'un pied à un autre en secouant ses bouclettes insolentes, dilapidant le soleil de ses cheveux, des morceaux de rêve, sur notre montagne. Emportée par la transe de la montée, par mon voyage sensoriel, je laisse mon corps ramollir, l'étire vers l'est du monde, puis vers l'ouest, je dégringole en moi, sans retenue, sans effroi. Je danse, Lison danse, Blanche danse, Marie-Laure danse, Jackson danse, Séraphin danse, Tia danse, et surtout Laurent danse. Je marche en titubant jusqu'à lui, je passe mon bras sur son épaule, et nous sautons ensemble sur la scène du monde, sur ce théâtre où nous jouons seuls ce soir. Quand la chanson se termine, personne ne s'avance. Je sais. Je sais que c'est à moi.

33

Avez-vous déjà rencontré un enfant unique ? Non que l'on soit si rares, simplement les Français aiment bien pondre des enfants par paire. Avez-vous fréquenté des enfants uniques à l'école ? Rappelez-vous comme vous les avez trouvés capricieux, ennuyeux, constamment en demande d'attention. Cette impression est tout à fait véridique. Mais vous êtes-vous demandé pourquoi l'enfant unique était à ce point soucieux d'être le centre du monde ? Figurez-vous que ce petit enfant sait qu'il mourra comme il est né : foutrement seul. Il sait qu'un jour sa mère va mourir et que son père finira par faire de même, ou inversement. Et qu'alors il ne lui restera plus personne. Il sait, bien avant vous qui jouissez peut-être d'une famille à plusieurs rangées, qu'il n'est qu'à deux êtres humains de la solitude. Ce que vous prenez pour un caprice est une demande de reconnaissance vitale, la quête tristement banale d'un être réclamant que soit attestée sa présence dans l'univers. Les enfants uniques sont des orphelins en puissance, des solitaires condamnés et involontaires, dont le salut se trouve dans la conquête du cœur des autres. Et cela, ils le font, maladroitement peut-être. Mais comment ne pas pardonner à ceux qui sont voués à l'isolement ? Regardez-les, ces enfants qu'on dit gâtés. En jouets, en baisers, en victuailles. Croyez-vous que les biens qu'on leur confie soient des offrandes gratuites ? Bien sûr que non, rien n'est jamais gratuit dans ce monde. Les petits trains, les voitures en bois, les feutres pastel, les merdes en plastique ne sont que monnaie d'échange contre une vie de réclusion intime. Ça, les enfants uniques le savent. Ils ne sont pas dupes.

Je suis fille unique. Et il faut que je l'admette : mon père est mort. Je ne suis plus qu'à un parent de la solitude absolue. Ça n'a jamais été aussi vrai qu'à cet instant, en haut de cette montagne où le cérémonial est à son paroxysme et où mon père réside, sans qu'il puisse être possible d'émettre un quelconque doute à ce sujet, dans un récipient, sous la forme de paillettes de chair. De micro-morceaux d'être humain. Ce qu'il a été, un homme secret, volubile, contradictoire, colérique, impassible, amoureux, violent, généreux, économe, tout ce qu'il a été, et tout ce qu'il a mis de l'énergie à devenir, tient dans un bocal à anchois. C'est. Tout. Mon père est mort. Pouf, envolé. Comme mon chemin vers mon île. Pour seul parent, pour me chérir, il ne me reste plus que cette femme, cette grande blonde à la blouse zébrée, aux dictons zélés, cette chanteuse d'opérette à mi-temps qui aime le théâtre et le mini-trampoline. Il ne me reste plus qu'elle. Après, bien sûr, il y aura les autres. Mais vous aurez beau prétendre que le sang ne signifie rien, que le principal, dans cette mascarade, est de choisir ceux avec qui l'on veut traverser l'existence, moi je sais, comme savent tous les enfants uniques qui doivent un jour tenir leurs parents dans un bocal à anchois, que nous ne sommes nous-mêmes qu'à un cheveu de l'exil. Il ne me reste plus qu'Huguette. Et après ? Après plus rien. Après, les amis, quand même, les collègues aussi, les amours surtout. Mais plus jamais de Cannondale ni de couronnes d'étoiles.

Ce que j'ai dit ce soir-là, les quelques mots que j'ai prononcés avant de jeter mon père du haut de la montagne qu'il grimpait à vélo comme un forcené, avec Jean-Louis, le Dr Bio, Linda et Norbert, ce que j'ai dit ce soir-là n'a aucune espèce d'importance. J'ai dit ce qu'on dit toujours en guise d'au revoir, en guise de conclusion impossible aux années qui ont passé si vite, aux années de secrets, d'amour aussi. J'ai dit ce qu'on dit toujours quand on doit laisser les gens partir, j'ai dit « à bientôt » peut-être, j'ai dit « à jamais » c'est sûr, puisque en le ciel je ne fonde aucun espoir. J'ai évoqué quelques connivences, des disputes, mais jolies, pour toucher, pour faire rire, j'ai dû faire une blague aussi. J'ai remercié l'homme dans le bocal à anchois pour l'amour du houblon givré, pour mon premier coup dans une balle de tennis, pour les étés à la Pointe d'Esny, pour les cacahuètes sous le porche, pour les rougailles, les faratas, les insultes en créole, les footings à Maurice, à Puteaux, à Luchon, à Lisbonne, pour le grand air, pour le sens de l'amitié, pour les couches changées, et surtout, surtout, pour tout le reste, pour ce que j'ai oublié et qui aurait mérité d'exister dans ma mémoire. J'ai dû dire merci pour des choses banales, et des choses plus insolites, mais tout ça n'a aucune espèce d'importance.

Ce qu'il convient de se rappeler, concernant le soir où j'ai jeté mon père du haut d'une montagne, c'est ce que j'ai vu quand j'ai ouvert le bocal à anchois. Dans l'urne improvisée, aucune paillette de chair, pas la moindre pellicule de mammifère, zéro reliquat d'os. Ce que j'ai vu dans ce bocal, en revanche, ce sont des barracudas argentés, des drapeaux aux couleurs du pays de mon père plantés dans un givre qui fait mal aux yeux, des baisers frais dans une chambre quelque part dans l'Annapurna, des jambes comme celles des juments, des yeux comme des gouttes horizontales, des nez comme des gressins, des éclats de champagne à Central Park, des frites et du Coca, une grosse femme aux yeux bridés, des bandages sur le ventre, un bateau et des skis nautiques, des paillotes qui sentent les gâteaux piment, des saris, des tresses argentées, des chapeaux de feutre, des souliers qui rebiquent, un chien tête en bas, une bière qui tiédit dans la main d'un petit garçon. Ce que j'ai vu ce soir-là, envers et contre toute raison, c'est son monde dans un bocal.

Ce qu'il convient de se rappeler, concernant le jour où j'ai jeté mon père du haut d'une montagne, c'est qu'il était, et aucun témoin de cette scène n'osera dire le contraire, le jour le plus mauve du mois de juillet.

REMERCIEMENTS

Je tiens à remercier du fond du cœur Véronique Cardi et Marie Grée, les merveilleuses éditrices qui eurent la clairvoyance de me trouver géniale, ainsi que Susanna Lea, mon agent, Capucine Delattre, Emmanuelle Hardouin et Mélanie Jean, qui furent mes premières lectrices et correctrices.

Mille mercis également à Marion Suarez – qui me donna l'idée de faire de Mars un PMU et changea ainsi la quête de mon héroïne – ainsi qu'à Vincent Eudeline, à Claire Charles et à Lucie Caubet qui ont déployé toute leur énergie pour faire vivre ce livre.

Un immense merci, par ailleurs, à la photographe Marie Rouge, pour cette belle photo en quatrième, et à mon ami Naël Al Yafi, l'artiste qui a réalisé cette splendide couverture et encore agrandi la place gigantesque qu'il occupait déjà dans mon cœur.

J'aimerais, de même, remercier mon caviste, sans les bouteilles duquel je n'aurais pas écrit un tiers de ce roman.

J'envoie toutes mes pensées à mes amis Kevin Lassene, Jean-Francois Demay, Laura Gérard, Anne-Lise Lehec, Louisane Roy, et à ma tante «Poutouse», qui firent un jour partie de ce livre mais finirent tous coupés au montage.

Pour terminer, je remercie la série de coïncidences qui menèrent ma mère à se reproduire avec mon père, étrange coït sans lequel ce livre n'aurait jamais vu le jour.

Amen.